KB172889

햇빛 어른거리는 길 위의 코끼리

알마 인코그니타 Alma Incognita
알마 인코그니타는 문학을 매개로,
미지의 세계를 향해 특별한 모험을 떠납니다.

THE ILLUSIONIST ON THE SKYWALK(天橋上的魔術師)

Copyright © 2011 by Wu Ming-Yi
All right reserved
Published in agreement with The Grayhawk Agency, through Danny Hong Agency
Korean translation copyright © 2018 by ALMA Publishing co., Ltd.

이 책의 한국어판 저작권은 대니홍 에이전시를 통해 저작권사와 독점 계약한 알마 출판사에 있습니다.
저작권법에 의해 한국 내에서 보호를 받는 저작물이므로 무단 전재와 무단 복제를 할 수 없습니다.

이 책은 대만문화부의 번역 지원을 받아 출간되었습니다.

햇빛 어른거리는 길 위의 코끼리

一頭大象在日光朦朧的街道

우밍이 지음·허유영 옮김

나는 마술사가 되고 싶었다. 그러나 마술을 할 때 긴장하는 바람에
문학의 고독 속으로 숨을 수밖에 없었다.

가브리엘 가르시아 마르케스

차례

육교 위의 마술사 ✧ 9

99층 ✧ 31

돌사자는 그 일들을 기억할까? ✧ 57

햇빛 어른거리는 길 위의 코끼리 ✧ 85

조니 리버스 ✧ 111

금붕어 ✧ 135

새 ✧ 165

탕씨 아저씨의 양복점 ✧ 183

물처럼 흐르는 빛 ✧ 203

자귀나무 아래의 마술사 ✧ 227

추천의 글 ✧ 241

일러두기

- 이 책의 모든 주는 옮긴이 주입니다.

육교 위의 마술사

엄마는 늘 말씀하셨다.

"장사로 성공할 수는 있어도 장사꾼을 낳는 건 정말 힘들구나."

이것이 나에 대한 엄마의 완곡한 평가이자 작은 아쉬움이었다. 하지만 내가 열 살이 되기 전까지는 이런 아쉬움이 없었다고 했다. 열 살 이전에는 나도 장사를 썩 잘했었기 때문이다.

우리 집은 신발 가게를 했다. 열 살도 안 된 꼬마 녀석이 손님에게 "신발이 아주 잘 어울려요" "진짜 가죽이에요" "싸게 해드리는 거예요" "아유, 더 싸게 팔면 밑져요"라고 말하면 설득력도 없고 믿기지도 않았다. 하루는 엄마가 궁리 끝에 나더러 육교 위에서 신발 끈과 깔창을 팔아보라고 시켰다. 어린 애가 장사를 하고 있으면 그냥 지나치기 힘들지 않겠느냐는 것이었다. 어린아이의 천진한 얼굴이란 원래 우리에게 살아갈 용기를 주기 위해 인생이 꾸며놓은 사기극이다. 이 사실을 나는 아주 오랜 시간이 흐른 뒤에야 알았다.

중화상창中華商場•은 총 여덟 동이었고 각각의 동은 충忠, 효孝, 인仁, 애愛, 신信, 의義, 화和, 평平이라고 이름 붙여졌다. 우리 집은 애동과 신동 사이에 있었다. 애동과 신동 사이에도 육교가 있었고, 애동과 인동 사이에도 육교가 있었다. 나는 애동과 신동 사이에 있는 육교를 좋아했다. 그 육교가 더 길었기 때문이다. 육교의 다른 쪽 끝이 번화가인 시먼딩西門町과 연결되어 있어 육교 위에 온갖 물건을 파는 노점상들이 모여 있었다. 아이스크림, 아동복, 샤오빙燒餅••, 와코루 속옷, 금붕어, 거북이, 자라, 심지어 '바다스님'이라는 이름의 파란 게를 파는 노점상도 있었다. 가끔씩 경찰이 들이닥쳐 노점상 단속을 했지만 육교에는 도망칠 수 있는 통로가 워낙 많았다. 노점상들은 물건을 늘어놓은 깔개를 둘둘 말아서 변소 안에 숨었다가 경찰이 가고 나면 다시 나왔다. 어차피 단속 나온 경찰도 노점상들이

• 과거 대만 타이베이 역 부근에 있던 최대 규모 상가. 3층짜리 상가 여덟 동이 길게 이어져 있었으며, 각 동 사이에 육교를 지어놓아 차도를 건너지 않고도 각 동 사이를 오갈 수 있었다. 1960~1970년대에 타이베이 최대 번화가로 명성을 누리던 이곳은 도시 재개발, 지하철 건설 등의 이유로 1992년에 철거되었다.

•• 밀가루 반죽에 소를 넣고 기름에 지진 전병의 일종.

반신불수의 중풍 환자인 줄 아는지 느릿느릿 육교 위로 올라와 어슬렁거리다가 가버리곤 했다.

어느 날 아침 누나가 나를 육교로 데리고 가더니 들고 온 주먹밥만 남겨두고는 혼자 가버렸다. 나는 신발 끈을 두 줄씩 육교의 쇠 난간에 묶었다. 바람이 불 때마다 신발 끈이 이리저리 흔들렸다. 나는 누나가 놓아준 작은 의자에 앉아 신발 깔창을 좌우 짝 맞추어 나란히 늘어놓기 시작했다. 향피響皮를 제일 앞에 놓았다. 한 쌍에 30대만달러로 제일 비쌌기 때문이다. 엄마는 그것이 돼지가죽으로 만든 깔창이라고 했다. 코를 가까이 대보면 고린내가 풀풀 풍기고 몇 장 겹쳐서 흔들면 휭휭 소리가 나서 향피라고 부른다는 것이었다. 맙소사, 돼지는 죽어서도 가죽으로 소리를 낼 수 있다니.

어쨌든 나는 육교 위에서 신발 깔창 파는 일을 아주 좋아했다.

나의 맞은편에는 머리에 기름때가 번들번들하고 깃이 달린 재킷에 잿빛 바지를 입은 남자가 자리를 잡았다. 그는 늘 지퍼도 없고 신발 끈도 묶지 않은 군용 워커를 신고 다녔다. 군용 워커는 목이 길고 신발 끈을 끼우는 구멍이 아주 많다. 그런 장화의 끈을 묶는 건 세상에서 제일 귀찮은 일이다. 그래서 누군가 워커에 신발 끈 대신 달 수 있는 지퍼를 발명했다. 워커용 지퍼가 발명된 후로는 군인들의 아침 일과가 훨씬 빨라졌다고 했다. 당시 우리 집에도 워커용 지퍼를 사러 오는 군인이 날마다 적어도 열 명은 되었다. 내일은 엄마에게 워커용 지퍼도 달라고 해서 가지고 나오면 잘 팔릴 것 같다는 생각을 했다.

맞은편 남자는 분필로 바닥에 둥근 반원을 그려놓고는 그 안에 검은 깔개를 펼치고 물건들을 하나씩 늘어놓았다. 처음에는 그가 무얼 팔러 왔는지 알 수가 없었다. 포커, 쇠고리, 이상하게 생긴 공책 등등…. 누나에게 들으니 그 남자가 파는 것이 마술 도구라고 했다. 맙소사, 마술 도구를 판다고? 내 좌판의 맞은편에 마술 도구를 파는 사람이 있다니!

"아냐. 난 마술사야."

남자는 이렇게 자신을 소개했다. 그 물건들을 어디서 떼어 오느냐고 묻자 그는 "내 마술은 전부 진짜야"라고 말했다. 그가 제 짝이 아닌 듯 각기 다른 곳을 향하고 있는, 도마뱀을 닮은 눈으로 나를 힐긋 쳐다보자 저절로 뒷덜미가 선득해졌다.

그는 텔레비전에 나오는 마술사처럼 연미복을 입거나 높다란 모자를 쓰고 있지는 않았다. 대신에 날마다 깃이 달린 재킷에 잿빛 바지, 꾀죄죄한 군용 워커를 신고 다녔다. 다음번에 그에게 바르기만 하면 광이 나는 구두약을 팔아볼 수 있을 것 같았다. 그의 얼굴은 약간 네모지고 긴 편이었으며 키는 크지도 작지도 않았다. 웃음이란 게 뭔지 잊어버린 사람 같았고, 다른 사람들 사이에 섞여 있으면 누가 마술사인지 알아볼 수 없을 만큼 평범했다. 물론 그의 이상한 눈과 지퍼 없는 군용 워커는 빼고 말이다.

마술사는 한 시간에 한 번씩 마술을 보여주었다. 마술사 앞에서 신발 깔창을 판다는 건 정말이지 대단한 행운이었다. 그는 주로 주사위, 포커, 구련환•을 가지고 마술을 보여주었다. 지금 보기엔 너무 평범한 마술들이라 그 정도로는 마술사 축에도 끼지 못하겠지만, 그 당시 내게 그의 마술은 엄청난 기적이었다. 나중에 비비안 리를 처음 보았을 때와 맞먹는 충격이었다. 나는 그 마술 도구들이 몹시 갖고 싶었다. 오래전부터 열망해오던 참새 기르기만큼이나 간절한 소망이었다.

한번은 마술사가 주사위 여섯 개로 마술을 보여주었다. 빙 둘러싼 구경꾼들 앞에서 태연한 표정으로 주사위를 하나씩 작은 상자 안에 넣고는 뚜껑을 닫고 휙 흔들었다. 그가 마술을 할 때만 보여주는 미소를 입가에 흘리며 뚜껑을 열자 주사위 여섯 개가 모두 6이 나와 있었다.

마술사는 주사위 숫자를 자유자재로 조종하는 것 같았다. 예를 들면 구경꾼 중 한 사람을 무작위로 골라 생일을 물어보고는 아무렇지 않게 그와 대화를 나누며 상자를 흔들었다. 어떤 때는 상자를 한 번 흔들고, 어떤 때는 그의 손을 쳐다

• 동그란 고리 아홉 개를 엮어 만든 고리.

보던 내가 현기증이 날 만큼 한참 흔들다가 뚜껑을 열었는데 주사위에 나오는 숫자들은 언제나 한 치의 오차도 없이 정확했다.

마술을 보여주는 동안 그의 눈동자가 형형하게 빛났다. 재킷과 잿빛 바지, 낡은 군용 워커는 똑같은데도 왠지 마술을 할 때면 그의 몸에서 환한 빛이 뿜어져 나오는 듯했다. 그가 공기를 한껏 들이마시면 주위의 빛과 중력이 그가 서 있는 작은 분필로 그린 원 안으로 모여드는 것처럼 말이다. 그는 마술을 보여주면서 마술 도구를 팔았다. 한번은 유혹을 참지 못하고 신발 깔창을 판 돈으로 마술 도구를 샀다. 내가 처음 산 건 '신기한 주사위'였다.

그가 나를 옆으로 불러 마술 도구와 함께 백지 한 장을 주며 이렇게 속삭였다.

"이 종이를 물에 담갔다가 말려라. 그러면 마술의 비밀이 나타날 거야."

나는 한밤중에 그 종이를 물에 담갔다가 엄마의 드라이어로 말렸다. 종이에 글과 그림으로 마술의 비밀이 설명되어 있었다. 마술사가 직접 한 장 한 장 그린 듯한 설명서를 보고 "아하, 이런 거였어!" 하고 소리치고 싶었다. 내가 마술의 신비를 전부 알았다고 생각했다. 열한 살 때 같은 반 친구를 짝사랑하면서 내가 사랑을 다 알았다고 착각했던 것처럼 말이다.

그때부터 혼자 마술 연습을 했다. 처음 형 앞에서 주사위 마술을 보여주려는데 긴장해서 주사위를 몇 번이나 떨어뜨리는 바람에 주사위를 상자에 다 넣기도 전에 형에게 속임수가 들통나고 말았다. 형이 심드렁하게 말했다.

"원하는 숫자가 있는 쪽이 네 몸을 향하게 해놓고 있는 거지?"

"맞아."

나는 시무룩해졌다. 형의 말이 맞았다. 마술을 시작하기도 전에 속임수가 들통나는 것처럼 김새는 일도 없을 것이다. 그건 다 자라기도 전에 내 인생이 어떻게 될지 미리 알려주는 것과 같다. 나는 점쟁이와 남의 마술 비밀을 꿰뚫어보는 사람이 제일 싫었다. 마술 주사위의 비밀은 주사위가 아니라 상자에 있었다. 그 상자는 원하는 숫자를 자기 쪽으로 놓고 손목의 힘을 이용해 주사위를 90도로 회전시키기만 하면 원하는 숫자가 위를 향하도록 만들어져 있었다. 마술의 비밀이란 그저 그것뿐이었다.

형이 말했다.

"돈 꼬불친 걸 엄마한테 이를 거야."

그렇다. 나는 신발 깔창 판 돈을 '횡령했고' 그걸 들켜버리는 바람에 마술 주사위를 형에게 넘겨야 했다.

빌어먹게도 그 마술의 비밀은 너무 비쌌다. 60대만달러나 주고 살 만한 가치가 없었다. 그건 일주일 동안 엄마 몰래 신발 깔창 판매 대금에서 조금씩 꿍쳐낸 돈이었다.

이상하게 들리겠지만 나는 그게 진짜 마술이 아니라는 걸 알면서도 그의 마술을 볼 때마다 내가 속았다는 사실도 까맣게 잊은 채 손뼉을 치며 환호했다. 나는 그렇게 번번이 마술사의 수법에 현혹되었고 당시 내게는 엄청난 가격이었던 마술 도구들을 자꾸만 샀다. 텅 비어 있다가 갑자기 성냥개비로 가득 차는 성냥갑, 원래는 흑백이지만 휙 펼치면 총천연색으로 바뀌는 그림책, 무지개 색깔이 나오는 연필, 구부려 접을 수 있는 신기한 동전 등등…. 어떤 마술이든 마술사가 그걸 보여주는 순간 나는 그걸 배우고 싶은 욕망을 누를 수가 없었다. 하지만 그걸 사가지고 돌아와 종이를 물에 적신 뒤 말리고, 나타나는 글자를 읽는 순간 마술의 신비는 사기극으로 변했다. 한참 후에야 나는 번번이 같은 일이 반복되었다는 사실을 깨달았다. 게다가 연습을 게을리하면 그 마술 도구들은 도리어 재앙이 되었다. 나는 늘 가족이나 이웃들에게 웃음거리가 되었다.

"멍청한 놈아, 속아서 돈을 다 날렸잖아!"

나는 결국 돈을 훔쳐 마술 도구를 산 걸 엄마에게 들켜 뺨을 맞았다.

하지만 제일 참기 힘든 것은 양복집 혀 짧은 애, 중화상창 의동에 있는 전파사집 망나니, 완탕면집 아카이도 똑같은 마술 도구들을 샀다는 사실이었다. 속아서 돈을 날렸다고 해도 아무렇지 않았다. 그저 내 연습이 부족해서라고 믿었다. 하지만 나 말고 다른 아이들도 그 비밀의 종이를 갖고 있다는 건 참을 수가 없었다. 마술사를 찾아가 따지고 싶었던 적이 한두 번이 아니지만 그럴 용기가 없어 엄마에게 애먼 화풀이를 하곤 했다. 내 짜증이 받아주기 힘들 만큼 심해지면 엄마가 고개를 홱 돌려 내 뺨을 후려쳤다.

"쓰잘머리 없는 데다 돈을 날려놓고 뭘 잘했다고 주둥이를 놀려?"

마술사를 찾는 손님은 점점 줄어들었다. 당연한 일이었다. 행인들이 간간이 그의 좌판을 구경하기는 했지만 근처에서 노는 조무래기들은 모두 하나씩 사보았기 때문이다. 마술도구를 사고난 뒤 그동안 신기하게만 보였던 마술이 속임수라는 걸 알아버린 아이들은 친구들에게 사지 말라고 말했지만 결국에는 모든 아이들이 하나씩 샀다. 원래 세상에는 직접 해봐야만 속았다는 걸 깨닫는 일들이 있다. 그렇지 않은가?

수입이 떨어지자 마술사도 조무래기들에게 새로운 화제를 던져줄 때가 되었다는 걸 알았던 모양이다. 어느 날 장사를 하러 나온 그가 직사각형 가방에서 책 한 권을 꺼냈다. 책을 펼치자 그 안에 검은 종이를 오려서 만든, 어른 새끼손가락만 한 종이 인형이 끼워져 있었다.

그는 그 작은 흑인을 바닥에 놓고 자신이 좌판을 펼쳐놓은 둥근 반원 안에 노란 분필로 부채만 한 반원을 또 하나 그렸다. 그런 다음 눈을 감고 중얼중얼 주문 같은 걸 외기 시작했다. 그러자 그 소흑인이 비틀거리기 시작하더니 술 취한 사람처럼 일어나는 것이었다. 이상하게도 잰걸음으로 총총히 지나가던 행인들이 소흑인의 소리 없는 부름을 듣기라도 한 듯 고개를 돌려 흘긋 쳐다보다가 종이 인형을 발견하고 자기도 모르게 걸음을 멈추었다.

소흑인이 조금 뻣뻣하게 춤을 추기 시작했다. 마술사가 읊는, 노래인지 주문인지 모를 소리에 맞추어 좌우로 몸을 움직였다. 동작이 어색하기는 해도 아주 귀여웠다. 너무 세게 움직이면 몸이 찢어질까 봐 조심하는 듯 움찔움찔 움직였다. 종이라는 게 원래 격렬한 동작에 적합한 재질이 아니다. 나는 소흑인이 걱정되기 시작했다. 그 몸으로 체육 수업이라도 한다면 위험할 것 같았다.

소흑인은 노란 원을 벗어날 수 없는 것처럼 그 안에서만 움직이고 있었다. 누가 소흑인을 만져보려고 다가갈라치면 마술사가 호통을 치며 근엄하게 손을 붙잡았다.

"이걸 만지는 사람한텐 불행이 닥쳐. 하지만 춤추는 걸 보는 사람은 행운을 얻지."

어쨌든 소흑인도 누가 만지는 걸 싫어하는 것 같았다. 누가 다가오면 깡충거리며 마술사의 발밑으로 몸을 피했다.

모두들 소흑인에게 정신이 팔려 있으면 마술사가 또 마술을 시작했다. 똑같은 마술 도구들이었다. 신기한 주사위, 성냥을 끝없이 뱉어내는 성냥갑, 파르르 펼치면 총천연색으로 변하는 그림책, 한 번만 쓱 그어도 일곱 가지 색깔이 나오는 연필, 엄지와 검지로 접을 수 있는 동전 등등…. 그런데 어찌된 일인지 하나도 팔리지 않던 그 물건들이 갑자기 날개 돋친 듯 팔리기 시작했다. 구경꾼들이 마술 도구들을 앞다투어 사기 시작했다. 마술사는 손님을 하나씩 옆으로 불러 백지를 주었다. 나는 그 종이의 내용을 거의 외울 수 있을 정도였지만 뭐에 홀린 듯 마술 주사위를 또 사고 말았다.

그러는 동안 소흑인은 분필 원 안에서 가만히 서 있었다. 눈이 없어서 앞이 보이지 않는 것 같았다. 앞도 보지 못하는 소흑인이 무슨 생각에 잠긴 듯 노란색 반원 안에서 천천히 서성였다.

마술사의 종이 인형이 육교의 명물로 떠올랐다. 이제는 중화상창에 사는 조무래기들뿐만 아니라 우리 학교 전교생이 그걸 구경하려고 육교를 찾아왔다. 충칭난루重慶南路에서 근무하는 회사원과 시먼딩에서 장사하는 상인들, 심지어 길 건너편 헌병대에서 근무하는 헌병, 이발소 아가씨까지 모두 이 소흑인을 구경하러 육교 위로 몰려들었다. 수줍음 많은 소흑인은 굼뜬 동작으로 춤을 추고 나면 종이 허리를 굽혀 구경꾼들에게 꾸벅 인사를 하고 종이 손을 흔들었다. 나는 소흑인에게 완전히 매료되어 날마다 소흑인이 춤추기를 기다렸다. 가끔은 신발 깔창과 신발 끈 파는 것도 잊어버렸다. 쇠 난간에 묶어놓은 신발 끈이 바람에 날려 너울댔다. 지금도 그때를 회상하면 그 장면이 아름다운 추억이 되어 눈앞에 떠오른다.

마술사가 파는 모든 마술 도구를 하나씩 다 사고 난 뒤 나는 그와 친해졌다. 그가 궈톄鍋貼•를 사서 내게 몇 개 나누어주기도 하고, 나도 가끔 엄마가 외가에 갔다가 다자大甲••에서 사온 나이유쑤빙奶油酥餅•••을 그에게 나누어주었다. 마술사의 두 눈은 뭘 먹을 때 가끔씩 서로 다른 곳을 쳐다보았다. 세상의 아주 작은 움직임도 놓치지 않겠다는 듯이.

마술사는 가끔 변소에 가야 할 때는 내게 좌판을 봐달라고 했다.

"누가 훔쳐가지 않게 잘 봐주기만 하면 돼. 물건을 팔지 말고 흑인도 절대로 만지면 안 돼."

나는 그의 좌판을 봐주는 것이 좋았다. 어차피 아주 쉬운 일이었다. 마술사의 의자에 앉아 있으면 내가 마술사가 된 것 같았다. 그의 의자에 앉아 있을 때만 그 소흑인을 가까이에서 볼 수 있었다. 나는 마술사 흉내를 내며 손뼉을 치고 이상한 노래를 낮게 부르며 알아들을 수도 없는 주문을 중얼거

• 납작하게 지져낸 만두.

•• 대만 타이중臺中에 있는 지역.

••• 얇은 반죽이 겹겹이 들어 있는 버터 파이.

렸다. 소흑인이 주문을 듣고 비틀거리며 일어나 분필 원 안에서 춤을 출 것 같았다.

물론 그런 일은 일어나지 않았다. 소흑인은 마술 성냥갑 위에 조용히 앉아 있었다.

성냥갑은 소흑인의 전용 의자처럼 그가 앉기에 꼭 알맞은 크기였다. 마술사가 주문을 외지 않을 때면 소흑인은 어른들이 다리를 꼬듯이 한쪽 다리를 다른 쪽 다리 위에 얹고는 성냥갑 위에 앉아 있었다.

가끔 바람이 불어 허리가 살짝 구부러지면 뭘 생각하고 있는 것 같았다. 소흑인은 무슨 생각을 할까? 소흑인에게도 그만의 고민이 있을까? 이 세상에 소흑인만 다닐 수 있는 학교가 있을까? 그 학교에서는 무얼 가르칠까? 소흑인도 구구단을 외울까? 소흑인의 학교에도 음악 시간이 있을까?(그렇지 않다면 그가 어떻게 춤을 추지?) 그렇게 얇은 종이로 만들어졌는데 피구는 어떻게 하지? 나는 우리 엄마가 내 걱정을 하듯 속으로 소흑인의 인생을 고민했다.

마술사의 좌판을 지켜줄 때든 맞은편 내 좌판에 앉아 있을 때든 내 시선은 늘 소흑인에게 고정되어 있었고 소흑인에 대한 생각이 머릿속을 가득 채웠다.

한번은 마술사가 변소에 갔는데 대변을 누는지 오래 기다려도 돌아오지 않았다. 나는 무료하게 의자에 앉아 있었고,

성냥갑에 걸터앉은 소흑인도 따분해 보였다. 그날 나는 정말 피곤했고 날씨도 조금 흐리고 추웠으며 육교에도 행인이 많지 않았다. 나는 마술사의 의자에 앉아 깜박 잠이 들고 말았다. 아주 짧은 시간이었을 것이다. 후드득 떨어진 빗물에 잠이 깨서 고개를 드니 먹구름이 자욱한 하늘에서 사정없이 비가 쏟아지고 있었다. 내 신발 깔창도 내버려둔 채 파라솔을 펼쳐 좌판 옆에 있는 파라솔 꽂이에 꽂으려고 했다. 그런데 파라솔이 너무 크고 내 팔은 또 너무 짧아서 내 힘으로 들어 올릴 수가 없었다. 빗방울이 금세 굵어지더니 육교 위에 물길이 생겼다. 빗물이 육교 배수구를 향해 빠르게 흘렀다. 하필이면 그날따라 소흑인이 성냥갑 위가 아니라 좌판 가장자리 바닥에 놓여 있었다. 그대로 두면 곧 젖어버릴 것이었다. 내가 발견했을 때 소흑인은 버려진 휴지 조각처럼 바닥에 들러붙어 사지를 뻗은 채 절망적으로 누워 있었다. 내 옷이 젖는 것도 생각하지 않고 파라솔을 옆에 내려놓고 얼른 소흑인을 집어 올리려고 했다. 그런데 시멘트 바닥에 달라붙은 종이를 집어 올리다가 소흑인의 손이 그만 잘리고 말았다. 나는 와앙 울음을 터뜨렸다. 눈물을 비처럼 쏟으며 소리쳤다.

"소흑인의 손이 잘렸어! 소흑인의 손이 잘렸어! 손이 잘렸어!"

옆에서 아동복을 팔던 아편 누나(나는 누나라고 불렀지만 사실 중학생 아이였다)가 자기 좌판에 파라솔을 세워놓고 달려와 내가 세우지 못한 파라솔을 세웠다. 하지만 손이 잘린 소흑인을 보고는 누나도 어쩔 도리가 없었다. 나는 계속 울었고 울음이 흐느낌으로 바뀌었을 때쯤 마술사가 돌아왔다. 마술사가 두 눈동자로 각기 다른 방향을 보며 물건을 챙기기 시작했다.

"비가 오면 네 물건을 챙겨야지. 깔창이 젖으면 엄마한테 혼나잖아."

그가 화가 난 건지 안 난 건지 알 수가 없었다. 나는 끝맺지 못한 문장으로 몇 마디 우물거렸다.

소흑인이 나 때문에 죽은 뒤 내 마음에도 구멍이 뚫렸다. 내 마음도 원래 종이로 만들어졌던 것처럼.

다음 날 엄마가 장사를 나가라고 재촉했지만 발이 떨어지지 않았다. 마술사를 보고 싶지 않기도 했고, 또 그를 만나 소흑인이 어떻게 되었는지 물어보고 싶기도 했다. 한쪽 손이 잘렸을 뿐이니까 죽지는 않았겠지? 한쪽 손이 없어도 춤을 출 수는 있겠지? 소흑인 학교에도 갈 수 있겠지?

그날 장사를 하러 가서는 고개를 들 수가 없었다. 마술사도 내가 오는 것을 보았지만 예전처럼 "꼬맹아, 밥 먹었냐?"라고 묻지 않고 묵묵히 의자에 앉아 있었다. 내가 아무짝에도 쓸모없는 사람이 된 것 같았다. 육교 밑으로 차들이 휭휭 지나갔고 육교 위의 먼지가 풀풀 날려 내 몸으로 떨어졌다. 지나가는 사람들이 전부 나보다 행복해 보였다.

점심때 마술사가 궈테를 샀다(내게 먹어보라는 말도 하지 않았다). 다 먹고 나서는 입을 닦고 네모난 서류 가방을 열더니 그 책을 꺼냈다. 책갈피에 검은 종이와 가위가 끼워져 있었다. 그가 종이와 가위를 들고 가위질을 시작하자 얼마 되지 않아서 소흑인이 만들어졌다. 나는 곁눈질로 마술사가 하는 걸 몰래 보고 있었다. 방금 태엽을 감은 시계처럼 심장이 빠르게 뛰었다.

마술사가 새로 만든 소흑인을 바닥에 놓더니 노란 분필로 또 반원을 그리고 손을 툭툭 털며 노래를 부르기 시작했다. 새 흑인이 춤을 추기 시작했다. 예전 흑인과 같은 춤이었지만 춤사위가 조금 더 나긋나긋해진 것 같았다. 뺑그르르 몸을 돌리기도 했다. 나는 정말 기뻐서 외쳤다.

"안 죽었어! 소흑인이 안 죽었어!"

말해놓고 보니 내 말이 틀린 것 같았다. 이 소흑인이 어제 비를 맞고 손이 잘린 그 소흑인일까? 손이 잘린 소흑인 대신 나온 다른 소흑인은 아닐까?

마술사가 웃는 듯 마는 듯 애매하게 입꼬리를 말아 올렸다. 그가 오른쪽 눈으로 나를 보고 왼쪽 눈으로는 다른 쪽을 보며 가까이 오라고 손짓을 했다.

"이 소흑인이 어제 그 소흑인이랑 달라 보이냐?"

나는 고개를 저으며 우물쭈물 말했다.

"똑같은 거 같아요. 아니에요? 그 소흑인 안 죽었죠? 그렇죠?"

마술사가 두 방향을 동시에 쳐다보며 말했다.

"나도 몰라. 꼬맹아, 세상에는 우리가 영영 알 수 없는 일들이 있어. 사람 눈에 보이는 게 전부가 아니야."

"왜요?"

내 물음에 마술사가 생각에 잠겼다가 쉰 목소리로 대답했다.

"평생 네 기억 속에 남는 일이 네 눈으로 본 게 아닐 수도 있으니까."

솔직히 말하면 그의 말이 무슨 뜻인지 알아듣지 못했지만 그가 내게 그런 말을 한 건 처음이었다. 그가 나를 어른으로 대하고 있다고 느꼈다. 나의 어떤 면을 인정한 것처럼 말이다. 집에 돌아와 형에게 소흑인 이야기와 그가 내게 한 말을 얘기해주자 형이 화를 냈다. 형이 화가 난 이유를 알 수가 없었다. 어쨌든 형은 마술사가 나를 유괴할지도 모른다며 엄마에게 더 이상 내게 깔창 장사를 시키지 말라고 했다. 그날 밤 꿈에서 소흑인을 보았다. 그가 나를 숲으로 데리고 갔다(그때 나는 숲이란 게 뭔지도 몰랐다. 내가 가본 제일 먼 곳은 타이베이 안에 있는 공원이었으니까). 우리는 노래를 부르고 술래잡기를 했다. 숲속 깊은 곳에 밝은 빛이 나오고 있었다. 소흑인은 거긴 가면 안 되는 곳이라고 했다. 왜냐고 물어보니 그곳은 너무 깊다나.

저 밝은 빛을 보라고 했더니, 그는 밝아 보이지만 아주 깊은 곳도 있다고 했다.

나는 마술사에게 유괴당하지 않았고 형도 엄마에게 소흑인 얘기를 하지 않았다. 시간은 그렇게 하루하루 흘렀다. 마술사와 점점 친해져서 그에게 소흑인의 비밀을 알려달라고 몇 번이나 졸랐지만 소흑인 얘기만 나오면 그는 목소리를 낮추고 엄숙하게 이렇게 말했다.

"꼬맹아, 내가 하는 마술은 모두 가짜지만 그 소흑인만은 진짜란다. 진짜라서 비밀을 말할 수가 없어. 그건 진짜니까 다른 마술과는 달라. 숨겨진 비밀이 없어."

나는 그의 말을 믿지 않았다. 마술사가 내게 사실대로 말할 리 없다고 생각했다. 그가 뭔가 숨기고 있다는 걸 그의 눈 속에서 읽어낼 수 있었다. 내가 거짓말을 할 때 우리 엄마가 내 눈을 보고 단박에 거짓이란 걸 알아채듯이 말이다.

나는 그에게 말했다.

"날 속일 생각 말아요. 어린애라고 속이지 말라고요."

개학이 점점 가까워지자 엄마는 개학하면 장사를 하지 않아도 된다고 선언했다. 휴일만이라도 좋으니 개학 후에도 계속 장사를 하게 해달라고 졸랐지만 엄마는 내 말을 들어주지 않았다. 형이 엄마에게 고자질한 게 아닐까 의심스러웠다. 마술사에게 이 얘기를 하면서 나는 몹시 슬픈 표정으로 말했다.

"소흑인 마술을 지금 알려주지 않으면 앞으로는 가르쳐 주고 싶어도 가르쳐줄 수가 없어요. 곧 개학이거든요. 지금 안 가르쳐주면 후회할 거예요. 아저씨가 갑자기 죽으면 이 세상에 소흑인 마술을 아는 사람이 하나도 없는 거잖아요."

나의 말재주가 언제 이렇게 늘었는지 스스로도 어리둥절했다. 엄마가 말하는 '장사꾼'이 된 것 같았다. 그의 한쪽 눈은 먼 곳을 향하고 나머지 한쪽 눈은 내 마음속으로 뚫고 들어오는 듯했다.

어느 날 저녁 8시에 좌판을 걷고 있는데 마술사가 소흑인과 마술 도구를 가방에 챙겨 넣고는 내게 손짓을 했다. 나는 조금의 망설임도 없이 그를 따라갔다. 가슴이 쿵쾅쿵쾅 방망이질 쳤다. 그는 육교를 건너 상가의 마지막 모퉁이까지 쉬지 않고 걸어갔다. 그곳에 문이 하나 있었다. 상가의 옥상으로 연결되는 문이었다. 어른들에게 옥상에 올라가지 말라는 당부를 수없이 들었던 게 떠올랐다. 마술사가 손잡이를 돌리자 문이 덜컹 열렸다. 그가 내게 따라 올라오라고 손짓을 했다.

나는 처음으로 옥상에 올라갔다. 옥상에서 보이는 풍경이 나를 매료시켰다.

그때 타이베이 건물들의 고도는 지금과 완전히 달랐다. 육교 위에 서면 국경일에 단수이허淡水河에서 하는 불꽃놀이를 볼 수가 있었고, 맑은 날에는 양밍산陽明山도 볼 수 있었다. 그때의 타이베이는 커다란 대야 같아서 대야 밑바닥의 그리 높지 않은 곳에 서 있어도 대야 가장자리와 대야 안의 모든 것을 다 볼 수 있었다. 그때 나와 마술사가 서 있던 옥상에서는 한쪽으로는 불빛 휘황한 시먼딩이 내려다보이고, 다른 한쪽으로는 총통부의 불빛이 보였다. 마술사가 네온 간판 아래 구석진 곳을 가리켰다.

"난 여기 살아. 하지만 언젠가는 떠날 거야."

마술사의 손가락이 가리키는 곳에 툭 튀어나온 비가림막이 네온 불빛을 막아주고 있는 기계실이 있었다. 너저분하게 널려 있는 침낭과 비닐봉지들 사이에 책들이 수북이 쌓여 있었다. 어울리지 않는 조합이었다.

"어디로 가실 건데요?"

"나도 몰라. 어디든 상관없어."

"저도 마술사가 되고 싶어요."

"넌 안 돼. 마술사는 비밀이 아주 많거든. 비밀이 많은 사람은 행복할 수 없지."

"왜요?"

"넌 알 거 없어. 말해줘도 몰라. 어쨌든 마술사는 한곳에 오래 머무르지 않아. 꼬맹아, 소흑인 마술을 배우고 싶으냐?"

"네!"

나는 고개를 힘껏 끄덕였다. 내게 그 마술을 가르쳐주려는 걸까? 심장이 밖으로 뛰쳐나올 것처럼 격렬하게 뛰었다.

"그건 배울 수가 없어. 소흑인은 진짜니까. 진짜는 배울 수 없어."

예전에 했던 그 말 그대로였다.

"그럼 소흑인을 제게 주세요. 네? 마술이라면 가르쳐주고 진짜라면 소흑인을 저한테 주세요."

"내가 어릴 땐 나비를 잡아다 표본을 만들면 나비를 갖게 되는 거라고 생각했어. 오랜 시간이 흘러서야 나비 표본은 나비가 아니라는 걸 알았지. 그걸 아니까 소흑인 같은 진짜 마술도 부릴 줄 아는 거야. 나는 내 머릿속으로 상상하는 걸 너희 눈에 보이게 만들 수 있어. 너희 눈에 보이는 세상을 바꿔놓을 수가 있다고. 영화를 찍는 사람처럼 말이지."

나는 고개를 돌렸다. 헤이쑹黑松• 사르시Sarsi••를 광고하는 대형 네온사인이 찌르륵찌르륵 소리를 내고 있었다. 마술사가 하는 말은 알아들을 수 없었지만 파란 네온이 비친 그의 눈동자에서는 파란빛이, 초록 네온이 비친 그의 눈동자에서는 초록빛이 비어져 나오는 것을 보았다. 마술사의 말을 곱씹어보았다. 그가 말한 '진짜' 마술이 내 머릿속을 아득한 안개로 가득 채웠다.

• 대만의 음료 제조회사.

•• 사르사 뿌리로 만든 탄산음료. 루트 비어Root Beer라고도 함.

"어떻게 하면 소흑인을 춤추게 할 수 있어요?"

"그건 말해줄 수가 없어. 하지만 너는 말이 잘 통하니까 이걸 주마. 이걸 어떻게 쓸지는 네가 결정해."

마술사가 뭘 보여주려는 듯 오른손을 내밀었다. 그의 오른손이 내 눈앞에서 30초 정도 멈추었던 것 같다. 나는 그의 손에 있는 굳은 살과 어지러운 손금을 보았다. 마술사가 검지와 중지, 엄지를 살짝 구부려 천천히 자기 왼쪽 눈에 집어넣었다. 그 장면을 보자 나의 안구가 뭉근하게 아파왔다. 마술사의 눈은 아주 부드러워 보였다. 그의 손가락이 금세 안으로 파고들어가 살짝 돌아가더니 왼쪽 안구를 끄집어내 자기 오른손바닥 위에 올려놓았다. 마술사가 꺼낸 안구는 방금 만들어진 아이보리색 별처럼 피도 묻지 않고 찢어진 곳도 없이 온전했다.

99층

페이스북으로 메시지를 받았을 때, 톰은 대수롭지 않게 답장을 보내려 했다. 아무 핑계나 가져다 붙여 거절할 생각이었다. 그런데 하필이면 J. M. 쿠체의 소설을 막 읽은 뒤였다. 게다가 야시장에서 병 세우기 게임•을 하고 상으로 받아온 싸구려 와인을 몇 모금 홀짝인 탓에 감정이 조금 상기되기도 했고 옛 추억이 떠오르기도 해서 약속에 응하기로 했다.

약속 장소는 둔화베이루敦化北路의 한 채식 레스토랑이었다. 서둘러 출발한 덕분에 약속 시간보다 10분쯤 일찍 근처에 도착했다. 그런데 약속 장소의 주소가 쓰여 있는 문패를 찾을 수가 없었다. 곧게 뻗은 큰길인데 유독 242번 골목만 없었다.

• 눕혀 있는 빈 병을 고리와 실만으로 당겨서 세우는 게임.

곳곳을 뒤져보아도 찾을 수가 없었다. 약속 시간이 되자 먼저 식당에서 만난 마크와 루시가 톰에게 전화를 했다. 알고 보니 그가 약속 장소를 지나친 것이었다. 톰은 길을 다시 돌아와 근처의 눈에 잘 띄는 은행 앞에서 마크를 만났다.

"하하! 왜 이 골목을 못 봤지? 아무리 찾아도 없더니 여기에 있었네."

톰은 20여 년 만에 만난, 양복을 차려입고 이번 만남을 위해 특별히 넥타이까지 매고 나온 초등학교 동창을 위아래로 훑어보았다. 약간 어색한 정도가 아니라 아주 많이 낯선 느낌이었다.

"톰, 정말 오랜만이다."

마크는 주식딜러로 일하고 있었다. 초등학생 때는 그가 그 직업을 갖게 될 거라곤 상상도 못했다. 초등학교 동창이 아니라 지금 사회에 나와서 그를 만났더라면 톰과 그는 친구가 될 수 없었을 것이다. 하지만 20여 년 전 그들은 죽고 못 사는 단짝이었다. 세월에 마모되는 게 치아만은 아닌 것 같다고 톰은 생각했다.

어릴 적 톰은 중화상창 3층에 살고 있었다. 산둥山東에서 대만으로 피난 내려온 그의 아버지가 상가 2층에서 궈톄와 바오쯔包子•, 좁쌀죽 파는 가게를 했다. 그의 집 맞은편으로 육교

• 각종 소를 넣고 둥글게 빚어 찐 만두.

하나만 넘으면 학교가 있었다. 마크네는 그 옆 동 상가 1층에서 철물점을 했다. 톰은 매일 아침 등교 준비를 하고는 새빨간 뚜껑이 달린 플라스틱 물통을 메고 애동을 지나 신동 육교로 갔다. 거기서 마크의 집 문 앞을 돌아 계단을 몇 개 올라가 철창이 달린 유리창을 두드렸다. 그렇게 마크를 깨워서 함께 학교로 향했다. 긴 육교를 건너 계단을 내려간 뒤 오른쪽으로 꺾으면 '양과자와 빵'이라는 간판이 달려 있는 루시네 집이 나왔다. 간판에 정말로 '양과자와 빵'이라고만 적혀 있었다.

20여 년이 흐른 지금, 루시는 채식 레스토랑의 테이블에 앉아 있다가 두 사람이 들어오는 걸 보고 몸을 일으켰다.

"오랜만이야, 톰."

톰, 마크, 루시라는 이름은 초등학교 때 음악선생님이 붙여준 것이다. 음악선생님은 기억하기 쉽도록 해마다 똑같은 영어 이름 40개를 40명의 학생들에게 붙여주었다. 그 이름들이 매년 똑같았기 때문에 3학년, 4학년, 5학년에 모두 루시가 한 명씩 있었다. 이들 세 명은 이름은 같지만 나이도, 학년도 모두 달랐다. 처음 이름이 붙여졌을 때 톰과 마크, 루시는 3학년이었다. 음악선생님은 나중에 학교 기숙사에서 돌아가셨는데 라면을 너무 많이 먹어 간암에 걸렸다고 했다. 유난히 긴 손가락에 마르고 키가 컸던 음악선생님은 음악실 뒤를 막아서 만든 작은 방에서 돌아가셨다. 그곳은 학교에서 독신인 그를 위해 만들어준 작은 기숙사였다. 세간이라고는 그릇 몇 개와 수저, 다퉁大同표 전기밥솥, 침대, 거울, 야마하 전자건반이 전부였다.

톰이 앉자마자 루시에게 그 옛날이야기를 꺼냈다.

"그래. 맞아. 지금은 아무도 날 루시라고 부르지 않아. 요즘은 파울라라고 해."

파울라는 화장품 회사의 뷰티어드바이저였다. 역시 피부 관리를 잘해서인지 마흔 살이라는 게 믿기지 않았다. 톰과 마크가 피부를 칭찬하자 그녀가 말했다.

"미용 업계에서 일하니까 아무래도 신경을 써서 그럴 거야. 그래도 나이는 못 속여. 아무리 관리를 해도 젊었을 때완 비교도 안 되지."

마흔 살 여자의 피부는 결코 열 살 아이의 피부와 비교할 수 없다. 하지만 마흔 살 여자는 열 살 아이가 갖지 못한 많은 것을 가지고 있다. 그래도 톰은 루시의, 아니, 파울라의 피부를 계속 칭찬했다.

세 사람은 음식을 주문하듯 어릴 적 추억들을 하나씩 끄집어냈다. 서로의 기억력을 시험하며 몇몇 이름들을 기억 속에서 소환했다.

"아파 생각나? 예전에 차가 고장 나서 카센터에 맡겼는데 차를 찾으러 갔더니 글쎄 아파가 나오더라."

"자동차 정비사래?"

"그런가 봐. 명함에 정비사라고 쓰여 있었어."

"어릴 때 우리한테 구박도 많이 당했는데."

"하하! 맞아. 다들 아파를 못살게 했지."

"천웨이닝 기억나?"

"사복 입고 등교하는 날마다 공주처럼 꾸미고 왔었던 걔 말이야?"

"맞아. 모델처럼 하고 다녔잖아."

"지금 뭐한대?"

"몰라."

"모르지."

톰이 어깨를 으쓱였다. 소식이 끊긴 동창들이 많았다.

레스토랑이 번화가 골목에 위치해 있어서 가끔씩 창밖으로 차가 지나갔지만, 차가 없을 때는 밖에 심어놓은 대나무 덕분에 어느 한적한 곳에 있는 것 같은 착각이 들었다. 파울라는 배가 불러 다 먹지 못한 디저트를 톰에게 밀어주었다. 목이버섯을 넣은 달콤한 율무 수프였다. 마크는 두 사람에게 결혼했느냐고 물었다.

"했어."

파울라와 톰이 동시에 대답하자 마크도 말했다.

"나도 했어."

파울라가 말했다.

"근데 헤어졌어. 이혼."

마크가 마지막 남은 수프 한 입을 마저 비웠다. 여러 가지 야채를 넣어 '진주 수프'라고 이름 붙인 수프였다. 연밥이 진주인데 맛이 독특했지만 톰에게는 별로 입에 맞지 않았다.

"아이는?"

"둘이야. 열두 살, 여덟 살."

"왜 이혼했어?"

파울라가 잠시 망설이다가 말했다.

"남편이 그러더라. 결혼하고 10년 넘어서 자기가 남자를 사랑한다는 걸 알게 됐다고."

마크와 톰은 어떻게 말을 받아야 할지 난감해 빈 그릇만 만지작거렸다. "그랬구나"라고 말할 수도 없는 노릇이었다. 마크가 얼마 전에 산 후지쯔 폴라로이드 카메라를 꺼냈다.

"옛날 친구끼리 뭉쳤는데 사진 한 장 찍자."

사진 찍는 걸 좋아하지 않는 톰은 거절하려고 했지만 주식딜러가 된 마크의 제안을 거절할 수가 없었다. 그는 뷰파인더 속 마크를 보며 마크도 지금 뷰파인더를 통해 자기 눈을 보고 있다는 걸 알았다. 톰은 열 살 적 마크에게 일어났던 그 일을 떠올렸다.

마크의 부모님은 중화상창 신동에서 이름난 부부였다. 짧지만 격렬한 부부 싸움을 자주 했기 때문이다. 두 분의 싸움은 한낮에 쏟아붓는 소낙비처럼 30분 정도면 끝이 났다. 마크 아빠는 평소에는 사람 좋은 뚱보지만 술만 마셨다 하면 스스로를 통제하지 못했다. 대만에서 제일 큰 강인 줘수이시濁水溪 유역의 논밭을 포기하고 두 형제와 타이베이로 올라왔는데, 이듬해에 형이 감기로 시름시름 앓다가 갑작스레 세상을 떠나고, 동생도 노름빚을 진 뒤 종적을 감추었다. 그때부터 마크 아빠는 세 사람 몫의 돈을 고향에 부치고 세 사람 몫의 안부 전화를 걸어야 했다. 사람들은 마크 아빠더러 착실하고 부지런한 효자라고 했다.

술만 안 마시면 나무랄 데 없었다. 한번은 마크 아빠가 술을 마신 뒤 뭣 때문인지는 몰라도 또 부부 싸움이 났다. 마크 아빠가 톱을 들고 마크 엄마를 쫓아가 옷을 다 찢어버렸다. 마크 엄마의 몸에 핏자국이 낭자했다. 얼마 후 술이 깬 마크 아빠가 요란스럽게 자책하며 상가 한복판에서 마크 엄마에게 무릎을 꿇고 빌었다. 마크 엄마가 졸지에 영화배우가 된 것 같았다.

톰은 가끔씩 마크네 집에 못이나 나사, 드라이버를 사러 갔다. 못을 사러 마크네 집에 제일 많이 간 사람은 아미였다. 아미네 집이 신발점을 했기 때문에 납못이 많이 필요했다.

"어째서 쇠못이 아니라 납못을 써?"

이렇게 물으면 아미는 말했다.

"바보야. 납못이 부드러우니까 신발 밑창에 닿아도 뭉그러져서 구멍이 나지 않잖아."

못에도 여러 가지가 있어서 재료에 따라 쓰이는 못이 다 다르다.

마크와 톰은 신동 옥상에 자주 올라갔다. 옥상에는 안테나와 전깃줄, 육교에서 마술 도구를 파는 마술사 외에는 아무도 없었다. 커다란 광고판이 비를 막아주는 곳이 바로 마술사의 집이었다.

마술사는 밤이면 헤이쑹 사르시 광고판의 네온 불빛 아래서 책을 읽었다. 마술사는 자기 혼자 옥상에 있는 것처럼 두 아이에게 아는 척을 하거나 말을 걸지 않았다. 톰과 마크도 그의 마술을 보았다. 톰은 기억에 남는 마술이 있었다. 마술사가 커다란 검은 천으로 육교 위 난간을 가렸다가 구경꾼들이 하나, 둘, 셋을 외치자 검은 천을 홱 걷었다. 그 순간 구경꾼들이 놀라서 소리쳤다. 검은 천에 가려져 있던 난간이 사라져버린 것이다. 더 놀라운 건 난간 자체가 완전히 증발된 것처럼 중화루中華路를 오가는 차들을 훤히 볼 수 있다는 사실이었다. 입이 떡 벌어진 사람들 앞에서 마술사는 보이지 않는 난간에 천천히 기대어 누웠다. 분명히 아무것도 없었는데 마술사는 난간이 있는 것처럼 몸을 눕히고도 밑으로 떨어지지 않았다. 그의 발밑에 있는 소흑인이 구경꾼들의 박수를 유도했다.

마크가 말했다.

"난 그 마술사가 무서워."

톰이 말했다.

"나도. 그래도 마술은 배우고 싶어."

톰과 마크는 저녁밥을 먹은 뒤 몰래 옥상에 올라가 난간에 앉아 있는 걸 좋아했다. 발밑을 지나가는 중화루 위로 자동차 행렬이 만들어낸 갖가지 색깔의 불빛이 긴 줄을 이루고 있었다.

"빛이 강물처럼 흘러."

"응. 빛이 강물처럼 흐르네."

"너 그거 알아? 너희 집에 무기가 아주 많은 거 같아. 정말 좋겠다."

"뭐가 좋아?"

"싸움이 나면 망치, 톱 같은 걸 가지고 덤빌 수 있잖아. 쇠못도 있고 말이야. 히히히."

"하나도 안 웃겨."

우습지 않다는 건 톰도 알고 있었다. 마크는 부모님이 싸우고 나면 항상 톰을 찾아왔다. 둘은 옥상에 서서 맞은편 백화점을 향해 침멀리뱉기 시합을 했다. 마크는 침을 실컷 뱉고 나면 기분이 조금 좋아진다고 했다. 빨강, 보라, 하양, 파랑의 네온사인 불빛이 둘의 얼굴에 비쳤다. 그때 두 사람은 세상이 이렇게 아름답다는 것도, 또 세상이 이렇게 슬프다는 것도 알지 못했다.

톰은 2월 초의 그 개학 날을 잊을 수가 없었다. 새해가 왔다며 기뻐하던 마크 아빠가 또 마크 엄마를 때렸다. 왜 때렸는지는 아무도 모른다. 물론 마크 아빠는 엄마 앞을 막아서던 마크도 두들겨 팼다. 그러자 평소에 잔뜩 주눅 들어 있던 마크가 별안간 성을 내며 진열대에 있던 쇠망치를 집어 들고 아빠 머리를 향해 휘둘렀다. 마크 아빠는 꼭지가 돌아 마크를 발로 냅다 걷어찬 뒤 두툼한 손바닥으로 마크의 머리를 후려갈겼다.

"난 이 집이 싫어! 이 집이 싫다고!"

마크는 이렇게 외치며 맨몸으로 집을 뛰쳐나왔다.

그날 밤 마크가 집에 들어오지 않자 마크 엄마는 미친 듯이 아들을 찾아다녔지만 마크 아빠는 아들이 집에 들어오기만 하면 요절을 내버리겠다고 별렀다. 다음 날 밤에도 마크가 들어오지 않자 마크 아빠는 이 자식이 어디 가서 콱 죽어버렸으면 좋겠다고 했고, 그다음 날 밤에도 들어오지 않자 아들을 적극적으로 찾지 않는다고 마크 엄마를 욕했다. 마크 부모님은 상가를 지나가는 모든 사람을 붙잡고 아들을 못 봤느냐고 묻고 상가의 모든 점포를 몇 번이나 뒤졌다. 마크의 단짝인 톰이 제일 많이 시달렸지만 톰도 마크가 어디로 갔는지 정말 몰랐다. 처음에는 옥상에 숨어 있을 줄 알고 옥상에 가보았지만 거기에도 없었다. 경찰이 신고를 받고 출동해 충동에서부터 평동까지 사람들에게 마크를 보았는지 물어보고 다녔다. 물론 옥상에도 올라가 수색했다. 그 때문에 부랑자 행색의 마술사가 옥상에서 쫓겨나게 되었다는 소문이 들렸다. 마술사가 아무 반항 없이 짐을 챙겨 떠날 수 있게 며칠만 말미를 달라고 하자 경찰이 상가 관리인에게 얘기해 며칠간 봐주기로 했다.

마크는 여전히 감감무소식이었다.

정말로 불가사의했다. 친구들은 마크의 무사 기원을 빌며 어디로 보내야 할지 모르는 엽서를 썼다. 선생님이 그 편지를 교단에 나가 읽으라고 시키는 바람에 반 전체가 슬픔에 잠겼다. 하지만 마크는 이미 아이들 마음속의 영웅이 되어 있었다. 이렇게 오랫동안 부모와 선생님에게 들키지 않고 숨어 있을 수 있다는 건 정말 대단한 일이었다. 그때 톰의 생활 반경은 중화상창을 벗어나지 못했다. 중화상창을 벗어난다는 건 지구를 벗어나는 것과 같았다. 톰은 마크가 아주 멀리까지 도망친 상상을 하기 시작했다. 마크가 혼자서 강을 건너고 이름 모를 산을 넘어 유랑하는 상상을 했다. 그들이 가끔씩 옥상에서 얘기했던 것처럼 말이다.

"세상 끝에 가고 싶어, 아니면 세상에서 제일 높은 곳에 가고 싶어?"

"세상에서 제일 높은 곳."

"거기서 뭘 할 건데?"

그때 마크는 이렇게 대답했다.

"대단해 보이잖아."

마크 엄마는 점점 수색 범위를 넓혔다. 마크가 중화상창 안에 있는지 확인하겠다며 공중변소의 변기를 일일이 냄새 맡고 다녔다. 마크 엄마는 어릴 적 마크의 오줌 지린내를 기억한다고 했다. 마크가 세상에 살아 있기만 하면 꼭 찾아내겠다는 일념으로 중화상창에서 중취中區와 시먼딩까지, 그 후에는 그보다 더 멀리까지 나가서 아들을 찾아다녔다. 날마다 이른 새벽부터 손님을 찾아다니는 삼륜차처럼 이 도시의 길이란 길, 골목이란 골목은 모두 돌아다녔다. 그러나 밤이 깊도록 온 도시를 다 뒤지고 다녀도 아들을 찾을 수가 없었다. 놀랍게도 마크 아빠는 술 마시는 것도 잊고 야식도 끊더니 며칠 사이에 살이 쑥 빠져버렸다. 사람들은 그가 젊었을 때 원래 마른 체격이어서 미꾸라지라고 불렸다는 걸 기억해냈다. 마크의 실종으로 인해 마크 아빠는 20년 만에 다시 '미꾸라지'로 돌아갔다.

두 집안의 돈독한 우애 때문에 톰 엄마는 가끔씩 톰에게 마크 엄마 대신 철물점을 봐주게 했다. 마크가 실종됐다는 사실만 제외하면 톰은 철물점을 지키고 있는 시간이 좋았다. 드디어 손님들에게 쇠못을 저울에 달아줄 기회를 얻게 되었다.

"16밀리미터짜리 1,800그램이요."

쇠못을 저울 접시에 자르르 쏟았다가 다시 비닐봉지에 담으면 금덩어리가 들어 있는 것처럼 묵직했다. 톰은 자신이 황금을 팔고 있다는 상상을 했다. 집에서 궈톄를 빚고 있는 것보다 훨씬 재미있었다.

하지만 재미있는 것도 잠시뿐, 톰은 점점 침울해졌다. 마크가 여전히 행방불명이었기 때문이다. 시커먼 먹구름이 중화상창 위에서 똬리를 틀고 있는 것 같았다. 상가 이웃들은 마크네 철물점 앞을 지날 때마다 이상한 냄새를 맡을 수 있었다. 윤활유, 메틸 알코올, 솔벤트, 부식 방지제와 슬픔이 섞인 것 같은 특별한 냄새였다. 누구라도 그 냄새를 맡으면 왈칵 울음이 터질 것 같았다. 마크네 집 앞을 지날 때마다 철도 건널목을 건너는 듯 불안감이 엄습했다. 전철화 된 후 번개처럼 빨라진 기차가 달려와 들이받을까 봐 잰걸음으로 문 앞을 지나갔다.

한 달, 두 달이 지나고 석 달이 다 되어 가는데도 마크는 돌아오지 않았다.

그러던 어느 날 갑자기 마크가 집 앞에 나타났다. 이른 새벽 마크 엄마가 아들을 찾으러 나가려고 철문을 올리자 마크가 문 앞에 서 있었다. 얼굴은 초췌하고 머리는 봉두난발인 데다가 길게 자란 손톱 밑에 때가 잔뜩 끼어 있었다. 전깃줄 위에 앉은 참새처럼 눈빛이 불안하게 흔들렸다. 마크 엄마가 아들을 보자마자 우렁찬 기차의 화통 소리 같은 울음을 터뜨리며 대성통곡을 하는 바람에 상가 사람들이 모두 놀라 일어났다. 마크 아빠는 아들의 뺨을 후려치려고 싶은 걸 꾹 참고는 말없이 2층에 가서 샤오빙, 유탸오油條•, 콩국을 사가지고 왔다. 마크가 눈물을 뚝뚝 흘리며 허겁지겁 먹었다.

마크가 돌아왔다는 소식이 순식간에 상가 전체로 퍼졌다. 석 달 동안 사라졌다가 돌연 나타난 마크를 보기 위해 너도나도 몰려들었다. 경찰이 와서 몇 가지 물어보고 간 뒤에 수다쟁이 이웃들이 달려와 물었다.

"석 달 동안 어딜 갔다 온 게야?"

마크가 말했다.

"중화상창 1동부터 8동 사이를 왔다 갔다 했어요."

"헛소리하네. 얘 머리가 이상해졌나 봐."

"엄마까지 속이려고?"

"돌아왔으면 됐지. 꼬치꼬치 캐묻지 마. 괜히 자극해서 뭣 해?"

마크는 이웃들의 물음에 대꾸하지 않고 치러우騎樓•• 아래 쪼그리고 앉아서 멍한 눈으로 행인들을 물끄러미 응시하다가 자기 집 철물점으로 시선을 옮겼다.

톰이 마크에게 말했다.

"네가 없는 동안 내가 너희 가게를 봐주고 쇠못도 팔았어."

"나도 알아."

"안다고?"

• 밀가루 반죽을 꽈배기처럼 길게 튀긴 것.

•• 보행로와 접한 건물의 1층을 안쪽으로 들어가게 지어 비를 맞지 않고 걸어 다닐 수 있도록 만든 일종의 아케이드.

"봤어."

"니미, 나한테까지 거짓말하기냐?" 톰이 바닥에 침을 퉤 뱉었다. "젠장."

톰은 마크와 파울라를 보며 그 이상했던 실종과 귀가를 다시금 떠올렸다. 20여 년 전 함께 사라졌던 두 초등학교 동창이 채식 레스토랑에 다시 나타난 것이다.

마크가 말했다.

"나도 이혼했어. 아니, 엄밀하게 말하면 이혼이 아닐 수도 있지."

마크는 대학 졸업 후 지금과는 완전히 다른 생활을 하게 될 결정을 했었다. 누나의 남자 친구와 브라질에 가서 무역 회사를 차리기로 한 것이다. 중국에서 값싼 제품을 브라질로 수입해 판매하고, 브라질 원주민들이 만든 수공예품을 대만에 수출했다. 무역을 하는 동안 마크는 상루이스 동북부의 한 소도시에서 살았다. 대부분의 시간을 혼자 지내며 한가할 때는 거리를 산책했다. 어느 날 거리의 한 잡화점에서 물건을 사다가 북쪽 원주민 마을에서 벌꿀을 팔러 온, 미소가 꿀처럼 달콤한 소녀에게 한눈에 반했다. 그날 밤 마크는 잠을 이룰 수가 없었다. 다음 날 수소문 끝에 그 소녀가 사는 원주민 마을로 찾아갔다. 마크는 그곳에서 그 부족의 언어를 배우고 부족의 풍습을 익혔으며 다 먹지도 못하고 상해버릴 만큼 많은 양의 벌꿀을 샀다. 그는 소녀와 결혼해 대만으로 돌아오기로 결심하고 국제 전화를 걸어 부모님에게 그 결정을 알렸다. 부모님이 허락하지 않자 그 후로 집에 전화도 걸지 않았다.

마을 풍습에 따라 마크는 날마다 아마존 지류에서 잡은 거대한 담수어를 소녀에게 선물했고 마침내 일리아라는 이름의 소녀와 부족 사람들의 마음을 움직일 수 있었다. 일리아는 이방인인 그와 결혼하기로 했고 부족 사람들도 마크를 따라 대만으로 가는 그녀를 축복해주었다.

처음에는 결혼 생활이 행복했다. 하지만 1년 후 일리아가 아이를 원했으나 마크가 동의하지 않았던 것이 문제의 불씨가 되었다. 그가 유일하게 받아들일 수 없는 것이 자신에게 아이가 생기는 것이었다. 마크는 유년 시절 자신의 아빠와 엄마를 떠올렸다. 어릴 때는 자신의 부모도 단지 사랑하는 방법이 남들과 달랐을 뿐 서로 사랑했다고 믿었다. 그러나 지금 생각해보면 마크의 아빠는 아내를 너무 뜨겁게 사랑했고, 엄마는 남편을 미워하면서도 순수하게 사랑했다. 어른이 된 마크는 자신에게 아빠가 되고 자식을 사랑할 능력이 있는지 의심스러웠고 그 때문에 아이를 낳는 일이 두려웠다. 이 문제로 마크와 일리아 사이에는 다툼이 끊이지 않았다.

다시 1년 후 갑자기 일리아가 아기를 가졌다고 선언했다. 세상일이란 원래 그런 것이다. 도망치고 싶은 일일수록 더 쉽게 찾아오고, 지키고 싶은 것일수록 더 빨리 무너진다. 마크는 마음을 고쳐먹고 일리아의 임신을 기쁘게 받아들이기로 했다. 일리아의 산부인과 검진에 동행하고 아름다운 아내가 낳을 예쁜 아이를 잘 보살필 준비를 했다. 그러자 아빠가 되길 기다리는 일도 아주 아름다운 일이라는 생각이 들기 시작했다.

그런데 남부로 이틀간 출장을 다녀와 보니 일리아가 사라지고 없었다.

"완벽한 실종이었어. 출입국관리국에 가서 출국 기록을 찾아봤지만 그녀의 이름은 없었어. 아는 인맥을 다 동원해 찾았지만 아무런 단서도 없었어. 그다음 주에 브라질로 가서 상루이스에서부터 시작해 모든 소도시와 마을을 샅샅이 뒤졌지만 역시 찾을 수가 없었어. 반년이 흐르도록 아무것도 찾지 못했어. 완전히 사라진 거야. 내 핏줄일 아이를 임신한 채로 완벽하게 실종됐어."

톰과 파울라는 서로를 바라보지 못하고 각자 제 손에 든 수저를 쳐다보았다. 톰은 식사 자리가 어쩌다 이렇게 됐을까 생각했다. 파울라가 우아하면서도 처연한 미소를 지었다.

"네가 나보다 더 끔찍하구나. 흣."

마크가 말했다.

"10년 동안 번 돈을 다 써버린 뒤에 밑천 없이 할 수 있는 금융업에 뛰어들어 다시 돈을 벌었어. 돈을 충분히 벌면 다시 브라질에 갈 거야."

"그녀가 대만에 있을 수도 있잖아."

"응, 맞아. 그래서 몇 년 동안 흥신소에 의뢰해서 찾고 있어. 나도 틈만 나면 이 도시의 모든 거리와 골목을 돌며 찾아다녀. 진짜야, 아마 이 도시를 나보다 더 많이 돌아다닌 사람은 없을 거야. 농담이 아니라 길에 있는 비둘기들한테도 다 물어봤다니까. 이게 그 여자 사진인데 혹시 어디서 마주치게 되면 나한테 연락해줘."

톰과 파울라는 사진을 보고 숨을 깊이 들이마셨다. 사진 속 여자는 비현실적으로 느껴질 만큼 야성적인 아름다움을 가지고 있었다. 마치 한 마리 암표범 같았다. 그런 여자가 거리에서 실종되는 건 불가능하다. 표범이 이 도시에서 어떻게 실종될 수 있을까?

식사가 끝난 뒤 마크는 차를 몰고 떠났고, 톰과 파울라는 걸어서 지하철역으로 향했다. 흐린 날씨였지만 피부 관리에 정성을 쏟는 파울라는 양산을 썼다. 잠깐 같이 걷는 사이에 톰은 파울라와 사랑에 빠진 듯한 감정을 느꼈다. 그러나 그건 그저 단순하고 어리석은 감정일 뿐이었다.

파울라는 하이힐을 신고 붉은 보도블록 사이의 틈새를 피하며 리드미컬하게 걸었다. 톰은 하이힐이 보도블록 틈에 끼어 웃음거리가 되는 여자들을 많이 보았지만 파울라에게는 그런 일이 없을 것 같다고 생각했다. 그녀는 물사슴처럼 사뿐하고도 신중하게 한 발씩 내딛었다.

"옛날에 마크가 사라졌었던 거 생각나? 정말 이상한 일이었잖아. 열 살짜리 애가 석 달 동안 어디 숨어 있었을까?"

톰이 말했다.

"맞아. 정말 이상한 일이었어."

한 달 뒤 톰은 한 통의 전화를 받았다. 경찰서였다.

"차이 선생님, 안녕하세요. 천자양 씨를 아시나요?"

"네. 알아요."

"천자양 씨가 자살했습니다. 아, 자살은 차이 선생님과 상관없어요. 가족들이 다 수습하셨어요. 그런데 천자양 씨가 차이 선생님에게 상자 하나를 남겼다는군요. 가족들이 그걸 차이 선생님에게 전해주고 싶은데 지금 타이베이에 없다면서 대신 전해달라고 하셨어요. 경찰서로 한번 와주실 수 있나요?"

톰은 전화기를 내려놓았다. 어릴 적 마크네 집 창문 밖에서 철창 사이로 유리창을 통통통 두드리며 마크를 깨우던 소리가 귀에 들리는 것 같았다. 마크는 부스스한 얼굴로 창문을 열 때도 있고 죽은 듯이 깊이 잠들어 깨지 못할 때도 있었다. 유리창을 통해 들여다보면 다락방 바닥에 미동도 없이 누워 있는 마크가 정말로 죽은 사람처럼 보였다. 그러면 유리창을 더 세게 두들겼다. 유리를 깨버릴 듯 세게 두들겨야 마크가 놀라서 벌떡 일어났다.

택시를 잡아탔다. 차창 밖 풍경이 물 흐르듯 가슴을 타고 흘렀다. 톰은 경찰서에 전화를 걸어 자신이 현장에 가볼 수 있는지 물었다. 마침 경찰 간부가 톰 아빠의 오랜 지인이라 경찰 측에서 허락해주었다. 어쨌든 자살한 사람이 유일하게 유품을 남겨준 사람이 바로 톰이었다. 마크는 부모에게도 어떤 말이나 물건을 남기지 않았고 유서도 남기지 않았다. 잠깐 슈퍼마켓에 다녀오려는 사람처럼 그렇게 가버렸다고 했다.

톰은 마크가 실종됐다가 돌아왔을 때 어딜 갔었느냐며 옥상에서 마크를 추궁했던 때를 떠올렸다.

"너한테만 얘기해줄게. 다른 사람한테는 말하면 안 돼."

"알았어."

"너한테만 말하는 거야."

"알았다니까. 빨리 얘기나 해."

"우리가 변소에 그렸던 그림 생각나? 작년에 우리가 처음 여자 변소 오른쪽 벽에다가 디이백화점 엘리베이터 같은 버튼을 그려놓고 엘리베이터 놀이를 했었잖아."

"응, 기억나."

"첫 번째 칸에는 1층부터 9층, 두 번째 칸에는 10층부터 19층, 세 번째 칸에는 20층부터 29층…, 그렇게 해서 3층 맨 마지막 칸에는 90층부터 99층까지 그렸지?"

"당연히 기억나지. 1층은 화장품을 팔고, 2층은 남자 옷, 3층은 여자 옷, 4층은 장난감…, 70층은 울트라맨만 팔고, 71층은 공룡수색대만 팔고…."

"맞아. 사인펜으로 그렸어. 집을 나와서 처음에는 육교 위에서 엄마 아빠를 피해 숨어 다녔는데 나중에는 나를 찾으러 다니는 사람이 점점 많아져서 숨을 데가 없더라고. 그래서 3층 여자 변소에 숨기로 했어."

"거기도 다 찾아봤을 텐데."

"맞아. 날 찾으러 오는 사람들의 소리가 점점 가까워졌어. 엄마랑 아빠가 계속 나를 부르더라. 그래서 제일 마지막 칸에 얼른 숨었어."

"90층부터 99층이 있는 그 칸?"

"응. 90층부터 99층이 있는 그 칸. 조금 있다가 사람들이 여자 변소로 들이닥치길래 급하게 99층 버튼을 눌렀지."

"그건 그린 거잖아."

"아니야. 그 버튼은 진짜였어." 마크가 숨을 훅 들이마셨다. 숨을 들이마시지 않으면 자기 자신도 자기 말을 믿을 수 없는 것 같았다. "그 전날 밤에는 옥상에 숨어 있었는데 내가 혼자 있는 걸 보고 마술사가 다가와서 말을 걸었어. 왜 그랬는지는 모르겠지만 우리 집 얘기를 그 사람한테 다 털어놨어. 그랬더니 그 사람이 그러더라. 정말로 아무도 찾지 못하게 숨어버리고 싶으면 그 변소 칸에 가서 99층 버튼을 누르라고."

톰은 말없이 마크를 쳐다보기만 했다.

"버튼을 눌렀더니 변소가 움직이기 시작했어. 백화점 엘리베이터가 위로 올라가기 시작할 때처럼 붕 뜨는 기분이 들더니 사람들 소리가 점점 작아졌어. 엘리베이터가 한참 동안 움직였어. 만화 한 편 보는 시간만큼 오랫동안. 마침내 엘리베이터가 멈추고 문이 열렸는데 내 앞에 뭐가 있었는 줄 알아?"

"뭐가 있었는데?"

"구름. 내 앞이 온통 다 구름이었어."

"어…. 구름?"

"바보. 거짓말이야. 구름이 아니라 아무것도 변한 게 없었어. 그냥 여자 변소였어. 하하! 아빠랑 엄마, 상가 사람들이 전부 가고 난 다음에 밖으로 나왔어. 달라진 거라곤 하나도 없었어."

"젠장! 그래서 어딜 갔었느냐니까!"

"아무 데도 안 갔다고 말했잖아. 상가를 계속 돌아다녔어. 아무 데도 안 갔다니까. 그런데 이상하게도 상가 사람들이 나를 못 알아보더라. 우리 집 앞에 가서 네가 쇠못을 저울에 달아주는 것도 봤어. 널 한 대 때리고 싶었는데 그게 안 되는 거야."

"투명 인간이 됐었다는 얘기야?"

"투명 인간은 아니야. 말로 표현할 수가 없어. 영화를 보고 있는 거 같기도 하고 내가 영화 속에 있는 거 같기도 하고. 엄마를 따라다녔어. 엄마를 보고 울면서 따라갔는데 나중에는 더 돌아다니면 죽을 거 같았어."

마크의 눈동자에 슬픔이 차올랐다.

"하지만 안 죽었잖아."

"안 죽었지. 배가 고파서 원저우溫州 완탕집에 가서 국수를 먹었어."

"국수를 먹을 수가 있었어? 귀테도?"

"가끔 너희 집에 가서 귀테도 먹었는걸?"

"내가 바보냐? 그걸 믿게?"

"아냐. 정말이라니까."

"젠장, 나는 널 친구로 생각하는데 넌 날 등신으로 아는 거야?"

"아니라니까."

"니미럴."

마크가 자살한 곳은 큰 빌딩의 엘리베이터 안쪽의 빈 공간이었다. 엘리베이터에는 기계실이 필요하다. 대부분은 빌딩 꼭대기에 기계실이 있고, 맨 아래층에도 엘리베이터 수리를 위한 빈 공간이 있다. 마크는 바로 거기에서 목을 매 자살했다. 마크는 거기 매달린 채 2주 동안 발견되지 않았다. 빌딩 전체가 평소와 다름없이 돌아갔고 사람들은 마크가 무단결근을 하는 거라 생각했다. 그러다가 엘리베이터 정기 점검일에 기술자가 그를 발견했다.

톰은 경찰차를 타고 경찰서로 가는 내내 숨을 크게 쉴 수 없었다. 마크가 돌아온 후 톰은 90층부터 99층까지 그려진 그 여자 변소에 수없이 갔었다. 버튼을 누르고 싶었지만 누를 용기가 없었다. 그걸 눌렀다가 마크의 말대로 나를 아는 모든 사람들이 나를 알아보지 못하는 곳으로 가버릴까 봐 두려웠다. 톰은 마크에게 그때 어떻게 돌아왔는지 물어보는 걸 잊고 말았다. 마크는 어떻게 돌아왔을까? 어떻게 하면 한 달 전 채식 레스토랑에서 만났던 것처럼 마크가 다시 돌아올 수 있을까?

모든 수속을 마친 후 경찰은 마크가 남긴 상자를 건넸다. 특별할 것 없는 상자였다. 펑리쑤鳳梨酥•를 담는 아이보리색 과자 상자 같았다. 상자를 열어 보니 암표범 같은 일리아의 사진과 쪽지가 들어 있고, 쪽지에 이렇게 쓰여 있었다.

헤이, 톰. 네가 이 편지를 읽을 때쯤이면 나는 99층에 도착해 있을 거야. 정말이야. 99층과 1층은 다른 게 없어. 걱정하지 마. 1층에 있는 친구들에게 안부 전해줘.

너의 친구 마크.

• 파인애플 잼을 넣고 만든 대만식 과자.

쪽지 끝에는 눈동자가 그려져 있고 그 옆에 그의 영어 이름이 쓰여 있었다. 마크의 어릴 적 습관이었다.

톰은 마크의 몸이 엘리베이터 아래에 매달려 있었던 순간을 상상했다. 어떤 뚜렷한 이미지라기보다는 그저 마크에 대한 생각이 한데 뭉쳐진 것이었다. 유일하게 뚜렷한 이미지는 엘리베이터에 표시되는 숫자뿐이었다. 숫자는 천천히, 그러나 쉬지 않고 올라가고 있었다.

돌사자는 그 일들을 기억할까?

당신이 동의할지는 모르지만 자물쇠는 인류 문명에서 엄청난 의미를 가지고 있다. 동굴에서 생활하던 시대에 누군가 어떤 물건을 문으로 사용하기 시작했을 때부터 그는 남들이 그걸 열지 못하게 할 방법이 없을까 생각했을 것이다. 자물쇠가 임호테프가 설계한 피라미드보다 더 오랜 역사를 가졌다는 걸 아는가? 최초의 자물쇠는 요나가 복음을 전파했던 니네베 교외의 한 폐허에서 발견되었다. 나는 책에서 그 자물쇠 사진을 본 적이 있다. 당신이 그걸 본다면 그렇게 오래된 자물쇠라는 걸 믿지 못할 것이다. 자물쇠의 형태와 방식이 처음 발명되었을 때부터 지금까지 크게 변하지 않았기 때문이다.

자물쇠와 열쇠는 동시에 발명되지 않았다. 원래 자물쇠는 '내부'에서 막는 용도였다가 세월이 흐르면서 '외부'에서 열고 닫는 용도로 바뀌었기 때문이다. 머나먼 옛날, 사람들은 자기 집을 나올 때나 무언가를 지키고 싶을 때 매듭을 묶는 방식의 자물쇠를 사용했다. 매듭 자체가 일종의 기예였다. 매듭을 짓고 푸는 방법이 비밀이었기 때문이다. 그리스인들은 매듭에 주문을 걸었는데 주문이 걸린 매듭은 이중으로 풀어야 했다. 하나는 매듭 자체를 푸는 것이고, 또 하나는 관념의 매듭을 푸는 것이다. 사람들은 매듭 자체에 걸린 주문보다 관념에 걸린 주문을 푸는 것이 더 오래 걸린다는 사실을 한참 후에야 알았다. 하지만 주문을 믿지 않는 사람들에게는 이 관념적인 방어가 아주 우스울 만큼 힘이 없었다.

그리스인들이 처음 발명한 열쇠는 휘어진 칼처럼 기다란 형태였다. 문밖에서 일부러 조금 남겨놓은 틈을 통해 안으로 집어넣어 문안에 걸려 있는 빗장을 잡아당기도록 되어 있었다. 그래서 자물쇠를 열고 잠글 때 문에 귀를 바짝 대고 빗장 소리를 들어야 했다. 이런 경청의 동작이 지금까지도 열쇠기술자들에게 남아 있다. 나중에는 열쇠와 자물쇠가 결합된 새로운 형태가 나타났는데, 이 둘은 특별한 방식으로 결합되어 열리는 소리를 분간하기가 어려웠다.

고리가 달린 휴대용 자물쇠와 열쇠는 중국인이 발명한 것 같다. '화기쇄花旗鎖'라고 불린 이 자물쇠는 물고기, 칼, 심지어 말의 형태를 본떠서 만들었다. 로마인들은 휴대하기 편리하도록 열쇠를 반지 형태로 만들었는데, 여기에는 결혼반지가 일종의 자물쇠라는 암시가 숨어 있기도 하다.

폼페이를 아는가? 화산재에 매몰되었지만 무성 영화 시대의 영화처럼 보존되어 있는 도시다. 여기에서 완벽한 형태의 자물쇠 점포가 발견되었다. 점포 안에는 벽과 탁자 위에 전시된 갖가지 형태의 자물쇠 외에 예술품처럼 정교하게 만든 열쇠들도 있고, 심지어 금과 은으로 화려하게 장식되어 주머니에 담겨 있는 자물쇠도 있었다. 폼페이의 열쇠기술자들에게는 모든 비밀을 품고 있는 듯한 만능열쇠가 있었다. 열쇠기술자는 이 도시 사람들이 가장 신뢰하는 사람이었다. 그의 능력이 벽을 뚫는 것만큼이나 특별했기 때문이다.

자물쇠가 열기 힘들고 열쇠의 형태가 정교할수록 그 관계는 예술적으로 승화되었다. 자물쇠는 점점 사람의 마음처럼 어떤 장애물과 암호로 가득 찬 회전 통로를 지나도록 특별하게 깎아 만든 열쇠만이 그걸 열 수 있게 진화했다. 나는 61개의 각기 다른 각도로 경사를 이루고 있는 열쇠를 복제해 본 적도 있다.

나는 열쇠 만드는 일을 모종의 탐닉이라고 여긴다. 되짚어 보니 벌써 20년 넘게 이 일을 해왔다. 내 꿈은 니카노르 파라의 시를 새겨 넣은 열쇠로만 열 수 있는 자물쇠를 만드는 것이다. 예를 들면 "내 영혼에 어울리는 육체를 찾고 싶다" 같은 구절들 말이다. 그것도 특정 글씨체로 새겨진 것이어야만 한다. 나는 그 열쇠가 작은 새처럼 문 옆 고리에 걸려 있는 상상을 한다.

우리는 누군가와 헤어질 때마다 열쇠를 돌려받거나 자물쇠를 바꾼다. 가끔 나는 열쇠를 어딘가에 빠뜨려놓고 온 것 같은 기분이 들기도 한다.

엄마는 나이가 들면서 열쇠를 자주 놓고 다녔다. 그래서 나는 가방 안에 달 수 있는 열쇠고리를 만들어 열쇠를 걸고 열쇠마다 각각 다른 색깔의 스티커를 붙여주었다. 그 가방을 가지고 나가기만 하면 열쇠를 잊고 나갈 걱정은 없었다. 물론 가방마저 잊고 나간다면 방법이 없었지만.

엄마가 돌아가시기 1년 전까지도 잊지 않았던 숫자 몇 개가 있다. 내 생일과 아버지 기일, 마조媽祖•의 탄생일이다. 엄마 자신의 생일은 잊어버렸던 게 아닌가 싶다. 해마다 마조의 생일이 되기 일주일 전에 엄마를 모시고 마조 탄생일 행사가 열리는 다자大甲에 다녀왔다(사람이 제일 많이 몰리는 때였다). 그 작은 마을에는 이미 엄마의 친척이 하나도 남아 있지 않았지만, 엄마는 해마다 한 번씩 내려가서 그 사실을 확인했다.

나는 사당 근처 주차장에 차를 세워놓고 엄마와 함께 절을 하고 시주금을 낸 뒤 맞은편에 있는 오래된 삼치죽 식당에 가서 밥을 먹었다. 밥을 먹고 나면 차를 몰고 바닷가에 있는

• 풍어와 어부의 안전을 지켜주는 바다의 여신.

작은 어촌 마을을 한 바퀴 돌았다. 그곳은 엄마가 태어난 곳이다. 엄마는 바다를 보고 싶다고 한 적이 없다. 어릴 적에 지겹도록 봤다고 했다.

매년 마조의 사당에 갈 때마다 나는 열 살 적 아빠와 함께 왔던 기억을 떠올렸다. 그때 나는 향로 열 개에 향을 하나씩 대충 꽂고 나면 따분함을 견디지 못하고 기웃거리며 돌아다녔다. 나는 정전 양쪽에 버티고 있는 커다란 천리안과 순풍이••를 좋아했다. 그것들은 평소에는 움직이지 않는 동상이었지만 마조의 탄생일이 되면 살아 움직이며 거리를 휘젓고 다녔다.

나는 돌사자도 좋아했다. 툭 불거진 눈, 곱슬곱슬한 갈기, 항상 쩍 벌리고 있는, 웃는 건지 위협하는 건지 모를 입 때문이다. 수사자는 바퀴 위에 올라가 있었고, 암사자의 발 옆에는 새끼 사자가 있었는데 꼬리는 불꽃을 닮았고 발톱은 반쯤 구부러져 있었다. 그것들은 사자의 자태를 유지하고는 있었지만 실제 사자와는 많이 달랐다. 내가 조금 자란 뒤에 사당에서 점괘를 풀어주는 아저씨에게 그 돌사자들이 왜 진짜 사자와 다르게 생겼는지 물어보았지만 아저씨도 모른다고 했다. 사당의 사자는 보통 사자가 아닌 것 같았다.

마조를 모신 전란궁鎭瀾宮에는 돌사자가 더 많았다. 문 앞

•• 천리안과 순풍이는 마조의 시종들로서 천 리 밖까지 보고 들을 수 있다.

에 있는 대형 돌사자는 나중에 새로 만든 것으로 크고 위용이 넘쳤지만 신비로움은 덜했다. 실내의 중정에도 돌사자 한 쌍이 있었지만 나는 안뜰에 있는, 당시 나와 키가 비슷하고 귀엽게 생긴 돌사자를 만지는 걸 좋아했다. 점괘해석가 아저씨는 돌사자도 신이라고 했지만 솔직히 말해서 나는 돌사자가 만화 캐릭터를 닮았다고 생각했다. 누에처럼 두꺼운 눈썹을 가진 사자 두 마리가 좌우에서 마주 보고 있는 모습은 아무리 봐도 신처럼 보이지 않았다. 아저씨는 새끼 사자를 밟고 있는 쪽이 암사자라고 했다. 암사자는 왜 새끼 사자를 밟고 있을까? 내 질문에 아저씨는 암사자가 고양이랑 노는 것과 비슷하다고 했다. 특별한 건 암사자는 입을 다물고 있는데 수사자는 웃음이 터진 듯 입을 쩍 벌리고 있다는 점이었다.

오래된 두 사자는 분향객들의 손길에 닳아 반질반질 윤이 났다. 나는 절하러 온 사람들이 돌사자를 만지는, 경건하면서도 놀이 같은 동작을 좋아했다. 마치 돌사자가 신의 기운을 가진 것처럼 말이다. 불경스럽게 들리겠지만 나는 정말로 그 돌사자가 애완동물처럼 보였다. 그래서 사당에 갈 때마다 돌사자의 배를 몰래 쓰다듬곤 했다. 그런데 그날은 무슨 생각이 들었는지 수사자의 쩍 벌린 입을 쳐다보다가 나도 모르게 그 안으로 손을 쑥 집어넣었다. 사자가 내 손을 핥고 싶어 하는 것처럼 보였다. 엄마가 나오다가 나를 보고 홱 잡아채더니 사람들이 오가는 안뜰에서 내 뺨을 때렸다.

"망할 놈! 망나니 놈이 돌사자 입에 손을 집어넣었다가 어떻게 됐는 줄 알아?"

망나니는 우리 이모의 아들이다. 나와 동갑이고 역시 나처럼 학교의 아웃사이더였다. 지금 생각해보면 초등학생 시절 반 아이들은 두 부류로 나뉘어 있었던 것 같다. 하나는 우등상이 목표인 부류이고, 다른 하나는 벌 받지 않는 것이 목표인 부류였다. 나와 망나니는 후자였다. 즉, 우리는 아무리 공부를 열심히 해도 기껏해야 벌만 면할 수 있을 뿐이었다.

그가 망나니라고 불리게 된 건 헛소리를 하는 능력이 다른 아이들보다 훨씬 뛰어났기 때문이다. 말하자면 무슨 얘기를 하든 남을 완벽하게 놀라게 할 수 있는 그런 아이였다. 우리가 함께했던 짓궂은 장난에 대한 이야기들도 그 녀석의 입을 거치면 어떤 치명적인 매력이 더해지는 것 같았다.

예를 들어 우리가 육교에 꽂혀 있는 국기를 몰래 빼서 도망치거나, '진정제일가양춘면'의 루웨이滷味•에 몰래 파리를 집어넣거나, 기차 건널목의 차단기가 내려간 뒤에 건널목을 '뚫고' 건너는 돌격 놀이를 하던 등등의 일들도 망나니의 입을 통하고 나면 누구도 야단쳐서는 안 되는 의로운 행동처럼 들렸다.

• 여러 가지 재료를 간장 육수에 졸여 먹는 음식.

엄마 얘기에 따르면, 그날 이모가 망나니를 데리고 마조의 사당에 갔을 때 망나니가 웃고 있는 수사자의 입에 손을 넣었다고 한다. 게다가 나보다 한술 더 떠서 "먹어! 먹어!"라고 외쳤다는 것이다.

그날 밤 망나니는 기이한 발자국 소리에 놀라서 깼다. 묵직하고 규칙적이지만 귀한 도자기를 내려놓듯 조심스럽게 땅을 딛는 듯한 소리였다. 잠시 후 문밖에 뭔가 서 있는 것 같은 기분이 들자 망나니의 심장이 미친 듯이 쿵쾅거렸다. 망나니가 침대에서 뛰어내려가 문의 자물쇠를 잠근 뒤 다시 침대로 위로 기어 올라왔다. 약 1초 또는 조금 더 긴 시간에 자물쇠가 텅 하는 소리와 함께 튀어 올랐다. 망나니가 허겁지겁 이불을 끌어당겨 눈을 가렸다.

문고리가 움직이자 못난 망나니는 오줌을 싸고 말았다. 혀가 뭔가에 묶여버린 것처럼 목소리도 나오지 않았다. 용기를 내서 이불 틈으로 밖을 보니 돌사자의 그림자가 보이는 것 같았다. 돌사자가 틀림없었다. 매듭을 여러 개 묶어놓은 것처럼 굵은 눈썹에 입이 여덟 팔 자처럼 양끝이 아래로 처져 있었다. 바로 망나니가 손을 집어넣고 "먹어! 먹어!"라고 했던 그 수사자였다.

돌사자는 신비로운 미소를 흘리며 천천히 방으로 들어오더니 돌로 된 왼쪽 앞 발톱으로 망나니를 누르고 오른쪽 앞 발톱을 망나니의 입에 쑥 집어넣었다. "먹어! 먹어!" 하는 소리가 들리는 것 같았다. 돌멩이로 입을 헹구는 느낌이 들다가 갑자기 하늘과 땅이 빙글빙글 돌았다. 망나니가 젖 먹던 힘까지 짜내 울음을 터뜨리며 팔을 휘저었다.

"하지 마! 하지 마!"

그러자 돌사자가 순식간에 사라지고 망나니 혼자 침대 위에 덩그러니 누워 있었다.

꿈을 꾸었던 것이다.

하지만 완전히 꿈인 건 아니었다. 이가 다섯 개나 부러지고 부은 잇몸에서 피가 흐르고 있었다. 상처가 낫는 데 일주일이 걸렸다. 그 때문에 한동안 망나니는 '이빨 없는 놈'이라고 불려야 했다.

엄마의 얘기를 듣고 나는 정말로 놀랐다. 엄마의 심각한 표정 때문에 이야기가 훨씬 설득력 있게 들렸다. 그날 밤 나는 거의 잠을 자지 못하고 돌사자가 오길 기다렸다. 아빠의 고장 난 작업대로 문을 막아 소심하게 방어했다. 하지만 돌사자는 나를 찾아오지 않았고 나는 앉은 채 잠이 들었다.

일주일이 지난 날 밤이었다. 시험 전날이었기 때문에 엄마가 내게 일찍 자라고 했다. 우리 집은 중화상창 3층의 작은 다락방이었다. 다락 아래는 씻는 곳과 잡동사니를 쌓아두는 공간이고 다락 위는 나와 엄마가 자는 공간이었다. 아버지는 집에서 씻은 뒤 가게로 가서 등나무로 된 침대식 의자에서 잤다. 집이 너무 좁아서 어쩔 수가 없었다.

눈을 떠보니 엄마는 곤히 잠들어 있었고, 방 문은 이미 열려 있었다. 우리 집 문에는 자물쇠가 없었다. 밀고 당길 수 있는 나무판 하나로 공간을 둘로 나눈 게 전부였다. 나는 전처럼 작업대로 문을 막아놓지 않은 것을 후회했다.

돌사자가 문 앞에 앉아 나를 쳐다보고 있었다. 그렇다. 그건 바로 내가 다자에서 놀렸던 그 돌사자였다. 굽슬굽슬한 갈기, 두툼한 발, 매듭을 묶어놓은 듯한 눈썹, 신비한 미소까지. 나는 울지도 않았고 소리를 지르지도 않았다. 일주일 동안 돌사자가 나타나기를 기다리며 마음의 준비를 하고 있었기 때문일 것이다.

잠에서 깨기 바로 직전에도 꿈을 꾸고 있었다. 꿈에 발굽이 달린 어떤 짐승을 타고 육교 위를 지나고 있었다. 발굽이 있었다는 걸 어떻게 아느냐고? 걸을 때마다 딸각딸각 소리가 났기 때문이다. 그것의 등에 올라탄 채 내려다보자 찻길이 더 무서워 보여서 얼른 등에서 뛰어내렸다. 그런데 그 순간 육교가 갑자기 강으로 변했다. 도시가 물에 잠기면 육교 위로 도망쳐야겠다는 생각을 했던 적이 있다. 그런데 육교가 강으로 변하자 어쩔 방법이 없었다. 몸이 강에 풍덩 빠지고 강물이 입속으로 쑥 빨려 들어왔다. 그런데 거의 익사하기 직전에 뭔가가 나타나 나를 끌어올렸다. 정신을 차려보니 돌사자가 나를 물고 있는 것이었다. 고개를 돌려 강물 쪽을 쳐다보자 상가는 이미 물에 잠겨 보이지 않았다.

이 꿈 때문에 나는 번쩍 뜬 내 눈 앞에 돌사자가 앉아 있었을 때 고맙다고 인사를 할 뻔했다. 물론 사과도 하고 싶었다. 그의 입에 손을 집어넣은 건 정말이지 고의가 아니었다. 또 망나니처럼 "먹어! 먹어!"라고 말하지도 않았다.

돌사자는 눈동자가 없었지만 그의 눈이 형형하게 빛나며 나를 쳐다보고 있다고 느꼈다. 돌사자는 앞 발톱으로 내게 따라오라는 시늉을 했다. 엄마를 깨우고 싶었지만 혀가 굳어버렸다. 내 몸이 내 의지와 관계없이 엄마의 몸을 넘어 돌사자를 뒤따라 밖으로 나갔다. 돌사자의 걸음걸이는 진짜 사자와 거의 흡사했다. 돌을 깎아 만들었는데도 발을 내딛을 때 아무 소리도 나지 않았다. 그 매끄럽고 탄탄한 몸은 무게가 하나도 없는 돌로 만들어진 것 같았다. 아주 기묘한 느낌이었다.

돌사자는 상가 3층의 오른쪽 계단을 통해 2층으로 내려가 여자 변소 앞을 지난 뒤 또 계단을 내려간 다음 왼쪽으로 돌아 육교 계단 앞에 도착했다. 그가 고개를 돌려 나를 쳐다보더니 육교로 올라갔다. 우아하면서도 망설임 없는 걸음걸이로 아무도 없는 한밤중의 육교 위를 어슬렁거리며 배회했다. 어디로 갈지 고민하는 것이 아니라 일부러 내게 여기서 좀 더 머물며 주위를 살펴보라는 암시를 주고 있는 것 같았다. 잠시 후 그가 다시 묵직하면서도 사뿐해 보이는 걸음으로 다른 동 상가로 향했다.

내게 익숙한 길, 익숙한 광경이었다. 다만 그때 나이에는 그렇게 늦은 밤에 육교 위를 걸어 다닐 기회가 없었을 뿐이다.

궈톄집, 휘장집, 우표집을 지났다. 돌사자는 뭔가를 고르는 듯 점포마다 유심히 들여다보며 걷다가 신발집 앞에서 걸음을 멈추었다. 우리 이모의 집이었다. 그는 그 안에 뭐가 있는 것처럼 철문을 뚫어지게 쳐다보았다. 사자의 앉은키가 당시 내 키와 비슷했기 때문에 그의 머리가 내 시야를 가리지 않도록 용기를 내어 그의 옆으로 갔다. 내가 고개를 돌려 쳐다보자 그도 고개를 돌려 나를 보았다. 그의 눈 속에 눈동자 대신 이글거리는 불꽃 같은 빛이 맴돌고 있었다.

다음 날 시험을 마치고 집에 돌아와 치러우 밑에서 수박을 먹고 있었다. 수박씨를 입 안에 모아두었다가 한 알씩 바닥으로 뱉으며 내가 작은 수박밭에 씨를 심고 있다는 상상을 하곤 했다. 우리 집 과일은 모두 상가에서 멜대를 메고 다니며 과일을 파는 아주머니에게 산 것이었다. 아주머니가 파는 과일은 볼품없었지만 엄마는 다 같이 어려운 처지에 서로 팔아주며 살아야 한다고 했다.

오후에 나는 육교 위를 어슬렁거리다가 이모의 신발 가게까지 갔다. 이모가 수박 한 쪽을 주어 이모의 딸 페이페이와 함께 수박을 먹었다. 망나니는 어딜 갔는지 보이지 않았다. 왜 그런지 몰라도 이모집에서 한 번도 이모부를 본 적이 없었다. 어린 나는 자세한 사정까지는 알아서도 안 되고 알 필요도 없다고 생각했다.

나는 페이페이와 수박을 다 먹은 뒤 돌사자 이야기를 해야 할지 말아야 할지 망설였다. 페이페이에게 혹시 어젯밤 돌사자가 문 앞에 앉아 있는 걸 봤느냐고 물어보고 싶었지만 끝내 물어보지 않았다.

다시 육교로 돌아왔을 때는 노을이 물들고 있었다. 그 시간에는 육교 위에 늘 사람이 많았다. 나는 먼저 거북이와 자라를 파는 노점을 둘러본 뒤 장난감 파는 노점에 정신을 뺏겼다. 노점에서는 당시에 아주 유행하는 장난감들만 팔았다. 그중에는 담뱃대 모양의 플라스틱 장난감이 있었는데, 적당한 힘으로 담뱃대를 불면 담배통에 들어 있는 작은 공이 담배통 위로 둥둥 떠올랐다. 지금 생각해보면 참 바보 같은 놀이였다. 그걸 불고 있으면 눈동자가 가운데로 몰려 사팔뜨기가 되었으니까 말이다. 하지만 그 당시에는 아주 인기가 많은 장난감이었다.

떠돌이 같은 마술사의 좌판 앞에 도착했을 때 그는 트럼프 카드를 가지고 독심술을 보여주고 있었다. 상대가 어떤 카드를 뽑든 그는 그걸 보지도 않고 모두 맞혔다. 다이아몬드 7, 스페이드 3, 클로버 6 등등. 나는 그가 카드 뒤에 어떤 표시를 해놓았을 거라고 짐작했다. 아빠도 카드 뒤에 형광펜이나 보이지 않는 잉크로 표시를 해놓은 그저 그런 속임수일 뿐이라고 했다.

구경꾼들의 흥이 한창 오르자 마술사가 내게 가까이 오라고 손짓을 했다. 내가 망설이며 다가가자 그가 별안간 손으로 허공을 휙 가르더니 내가 가지고 있는 어떤 걸 자기가 가지고 갔다고 말했다. 주머니를 뒤져보니 열쇠가 없었다. 마술사가 손바닥을 펼치자 바로 거기에 내 열쇠가 있었다. 그렇지만 그건 그저 소매치기 수법일 뿐 대단한 게 아니었다. 박수 소리도 작았다. 누가 소매치기에게 박수를 쳐주겠는가.

하지만 마술이 끝난 게 아니었다. 마술사가 자기 벨트를 뺐다. 정확히 말하자면 벨트는 아니고 집게처럼 생긴 작고 얇은 쇳조각인데, 그는 그걸 넉넉한 바지허리를 집어 조이는 용도로 썼다. 마술사는 그 쇳조각과 열쇠를 함께 손바닥에 올려놓고 두 손을 맞댔다. 그러고는 내가 이제까지 한 번도 본 적 없는 집중하는 눈빛으로 자기 손바닥을 응시하다가 귀중한 무언가를 손바닥 안에 숨기려는 것처럼 천천히 손바닥을 맞비볐다.

잠시 후 마술사가 손바닥을 펼치자 쇳조각은 사라지고 대신에 열쇠 하나가 있었다. 내 열쇠와 무척 닮아 보였다. 구경꾼들은 쇳조각을 없애버린 그의 마술에 박수를 쳐야 할지 말아야 할지 망설였다.

마술사가 나를 보며 오른쪽 주머니에 손을 넣어보라는

시늉을 했다. 오른쪽 주머니에 손을 넣자 우리 집 열쇠가 들어 있었다. 나는 어리둥절했다. 우리 집 열쇠가 두 개가 되다니. 그가 내 손에 있는 열쇠를 가져다가 열쇠 두 개를 양손 검지와 엄지로 하나씩 들어 보였다. 정말로 열쇠 두 개가 똑같았다. 톱니 홈, 경사도, 길이까지 모든 게 똑같았다.

구경꾼들이 그제야 박수를 쳤다. 진심으로 치는 박수 소리와 마지못해서 치는 박수 소리는 아주 다르다. 진심으로 치는 박수 소리는 사람을 빨려들게 하는 힘이 있어서 또 한 번 듣고 싶어지게 만든다. 나도 박수를 쳤다. 현실인지 환상인지 모를 마술에 직접 참여한 기분이었다. 아빠가 그 마술을 할 수 있다면 60와트짜리 전구를 켜놓고 연마기 앞에서 열쇠를 갈지 않고도 눈 깜짝할 사이에 열쇠를 복제할 수 있을 것 같았다.

그런데 마술사가 열쇠를 돌려주었을 때 나는 뭔가 석연치 않은 기분이 들었다.

우리 아빠는 상가 2층에서 자물쇠를 따고 열쇠와 도장을 파는 가게를 했다. 가게 앞으로 난 작은 유리창 앞에 각종 자물쇠를 매달아 진열했다. 나는 어릴 적부터 열쇠에는 그것을 넣고 돌리면 열리는 자물쇠가 반드시 있어야 한다는 것을 알고 있었다. 그렇지 않으면 그 열쇠는 무의미해진다. 그러면 이제 마술사가 우리 집 열쇠를 가지고 있으니 그걸로 우리 집 문을 쉽게 열고 들어올 수 있을까? (비록 내가 그때 마술사가 벽을 뚫는 능력을 가지고 있을지도 모른다는 상상을 하기 시작했고, 정말로 그럴 수 있다면 열쇠가 있든 없든 아무 의미가 없을 것이긴 했지만 말이다.)

"그 열쇠도 돌려주세요."

"뭐라고?"

"우리 집 열쇠를 달라고요. 그걸로 우리 집 문을 열 수 있잖아요."

그걸 우리 집 열쇠라고 표현해서는 안 된다는 걸 알았지만 이미 말을 해버린 뒤였다. 그렇게 말해야 마술사가 알아들을 것 같았다.

"꼬맹아, 열쇠가 자물쇠를 여는 물건이기는 하지만 세상에는 열쇠가 없는 자물쇠도 있고 아무것도 열 수 없는 열쇠도 있어. 내가 가지고 있는 이 열쇠로는 너희 집 문을 열 수 없어."

"거짓말 마요."

마술사가 그 열쇠를 꺼내 내 손에 있는 열쇠와 나란히 놓아 보여주었다. 자세히 보니 두 열쇠가 조금 다르게 생긴 것 같았지만 어디가 어떻게 다른지는 말할 수가 없었다.

마술사가 말했다.

"이 열쇠는 내 허리 집게로 만든 거라서 열쇠가 될 수 없어. 지금은 열쇠처럼 보이지만…."

그가 내 손바닥에 올려놓았던 그 열쇠를 다시 가지고 가더니 윗도리를 들추고 열쇠를…, 아니, 그 쇳조각을 허리춤에 꽂았다. 허리춤에 꽂고 나니 다시 집게처럼 변했다.

나는 조금 굴욕감을 느꼈지만 어떻게 된 일인지 알 수가 없으니 아무 말도 할 수가 없었다. 열쇠가 없어졌으니 다시 내놓으라고 할 수도 없었다.

그날 밤 잠이 오지 않았다. 어제 꿈에서 본 돌사자도 생각나고 마술사의 마술도 생각나서 한밤중까지 뒤척이다가 잠든 엄마를 넘어 몰래 문을 열고 밖으로 나왔다. 여름에도 육교 위에는 선선한 바람이 불었다. 그렇게 늦은 시간에는 상가의 네온등도 꺼진다는 걸 그때 처음 알았다. 네온 불빛이 꺼지자 하늘에 뜬 별을 볼 수 있었다. 밤에도 도시는 조용하지 않았고 오토바이들이 사방에서 돌아다녔다. 나는 육교 난간을 두드리며 상가의 다른 동으로 건너가 궈톄집, 훠장집, 우표집을 지나 이모네 집 문 앞에서 멈추었다. 모든 게 평소와 다름없었다. 점포들이 일제히 철문을 닫고 꿈을 꾸고 있는 것 같았다.

시간이 얼마나 지났을까, 어쩐지 이모네 집 문이 조금 다른 것 같았다. 무언가 철문을 가볍게 밀고 있는 것처럼 철문이 숨을 쉬듯 흔들렸다. 잠시 후 열쇠 구멍과 철문 틈에서 검은 연기가 새어 나왔다. 처음에는 무슨 일인지 몰랐다가 잠시 후 사태를 깨닫고 철문을 두드리며 악을 쓰고 외쳤다.

"불이야! 불이야! 불이야!"

옆집 이웃들이 내 소리를 듣고 달려 나와 이모네 집 철문을 흔들었다. 나는 갑자기 생각나는 게 있었다. 허겁지겁 우리 집으로 달려와 탁자 밑에 있는 과자 깡통을 열었다. 거기에 이모네 집 열쇠가 있었다. 다시 이모네 집으로 달려가는데 멀리서 소방차 소리가 들리기 시작했다. 나는 숨을 헐떡이며 우표집 아저씨에게 열쇠를 주었고 아저씨는 점점 더 짙어지는 연기 속에서 자물쇠를 열었다. 철물점 아저씨가 철문이 뜨거울 거라면서 두꺼운 장갑을 가지고 와서 자기 손에도 끼고 우표집 아저씨에게도 끼워주었다. 그러고는 둘이 힘을 합쳐 철문을 들어 올렸다.

한꺼번에 울컥 빠져나오는 자욱한 연기가 꼭 사자가 달려드는 것 같았다. 나중에야 그게 매우 위험한 일이었다는 걸 알았다. 불이 철문 근처까지 번졌더라면 그때 울컥 덮친 것이 연기가 아니라 불길이었을 것이다. 하지만 철문이 약간 열린 그 순간이 페이페이의 목숨을 살렸다. 이모가 사력을 다해 페이페이와 망나니를 철문 앞까지 데리고 나왔지만 자물쇠를 열 힘이 남지 않아 그 앞에 쓰러져 있었던 것이다.

이모는 그날 밤 세상을 떠났고 다음 날 망나니도 죽었다. 나는 그들의 몸속이 검은 연기로 가득 차고 작디작은 신발 가게가 희미하게 변해버린 상상을 했다. 자욱한 연기와 거센 불길 속에서 페이페이만 살아남았다.

시간이 흐른 뒤에 생각해봐도 꿈속에서 돌사자가 나를

데리고 이모네 집에 갔던 것이 나를 일깨워주려는 것이었는지 벌을 주려는 것이었는지, 아니면 은혜를 베푼 것이었는지 알 수가 없었다. 나중에 안 사실이지만 이모부는 이모와 진작 이혼하고 자식에 대한 양육권도 포기했다고 한다. 이모부가 유일하게 안타까워한 건 이모의 사망 보험금을 받지 못한 것이라고 했다. 엄마가 페이페이를 맡아 기르기로 했다. 그 무렵 페이페이의 눈 속에는 검은 구멍이 뚫려 있는 것 같았다. 마치 텅 빈 허공 속에서 살고 있어서 아무것도 믿지 못하는 아이처럼 보였다. 학교에서 돌아올 때마다 헌병대 앞에서 중화상창을 바라보면 이모네 집의 검게 그을린 창과 벽이 보였고, 그것들은 상가에서 가장 깊고 검은 열쇠 구멍 같았다.

엄마가 여동생의 죽음 앞에서 어떤 심정이었는지는 모르지만 그 일을 처음부터 끝까지 모두 목격한 나는 인생의 박탈감이라는 걸 처음으로 느꼈다. 망나니가 죽고 나자 내일은 또 무슨 장난을 칠까 작당 모의할 사람도 없고, 우리의 영웅적인 무용담을 널리 선전해주는 사람도 없었으며, 뒤에서 갑자기 내 어깨를 툭 쳐서 깜짝 놀라게 하는 사람도 없었다. 또 누가 보든 아랑곳하지 않고 치아 다섯 개가 빠진 입을 크게 벌려 육교 위에서 배를 쥐고 웃는 사람도 없었다.

그건 누군가가 당신의 인생에서 무언가를 가져가버려, 그 후에는 윙윙 울리는 전구를 끄고 난 뒤의 어둠과 뒤따라 찾아오는 모든 것을 두려워하게 되는 것과 같다.

내가 어떻게 이모네 집 열쇠를 가지고 있었는지에 대해 설명해야 할 것 같다. 내가 열쇠기술자의 아들이라는 건 이미 얘기했다. 아빠는 내가 연필을 잡기 시작했을 때부터 줄을 사용하는 법과 열쇠를 그대로 복제해 자물쇠를 여는 비밀을 가르쳐주었다. 아빠는 작업대의 한쪽에 열쇠를 끼우고 다른 한쪽에는 열쇠 재료를 끼워놓고 열쇠를 복제하는 방법을 내게 보여주었다.

아빠가 말했다.

"요철을 관찰하고 각도도 잘 살펴야 돼. 대충 따라해선 안 돼."

열쇠기술자에 대해 안다면 그들이 여러 가지 형태의 열쇠 재료를 가지고 있다는 사실도 알고 있을 것이다. 납작한 것, 둥근 것, 십자 모양, 심지어 정사각형 모양의 열쇠도 있다. 이것들은 앞으로 어떤 형태의 열쇠가 될 것인지 이미 정해져 있다. 아빠는 연마기를 발로 돌려가며 열쇠 재료를 천천히 깎아 열쇠로 만들었다. 이따금씩 천공기로 홈을 파기도 하고 연마 칼로 각도를 만들어내기도 했다. 그럴 때 아버지의 눈빛을 보면 열쇠가 아니라 훨씬 더 중요한 것을 만들고 있는 사람 같았다.

열쇠의 형태가 완성되면 밝은 전등 아래 원래 열쇠와 나란히 놓고 자세히 대조해가며 연마 칼로 미세한 부분을 수정

했다. 좋은 자물쇠일수록 열쇠가 한 치의 오차도 없이 들어맞아야만 열린다. 아빠는 열쇠기술자가 되지 않았다면 아마 조각가가 되었을 것이다. 이런 말을 해도 될지 모르겠지만 열쇠를 들여다볼 때 아빠의 눈 속엔 평소에는 볼 수 없었던 열정이 넘실거렸다.

아빠가 손님들이 버리고 간 열쇠를 주면 나는 아빠의 연장을 가지고 열쇠 파는 연습을 했다. 그러다가 언제부터인지는 몰라도 상가의 이웃들이 열쇠를 복제하러 오면 나는 그 열쇠의 복제본의 복제본을 파놓았다. 무슨 악의가 있어서가 아니라 그저 다양한 형태의 열쇠에 매료되었던 것이다. 아빠는 자물쇠를 열 수 있어야만 비로소 열쇠라고 할 수 있으며 실력 있는 열쇠기술자가 만든 열쇠 중에도 자물쇠를 열지 못하는 것들이 더러 있다고 했다.

아빠는 말했다.

"자물쇠와 열쇠 사이에도 정이 있어서 열면 열수록 잘 열리지."

'낯선' 열쇠가 잘 열리게 되면 열쇠와 자물쇠가 서로 '친해진' 것이다. 내가 판 열쇠들은 모두 실제로 시험해보지 못한 '낯선' 열쇠였다.

페이페이가 열쇠를 파러 왔을 때 나는 그 열쇠를 몰래 복제해놓았다. 내가 그날 우표집 아저씨에게 준 '낯선' 열쇠가 불타고 있는 자물쇠 구멍으로 들어간 순간 자물쇠가 열렸고 그 덕분에 페이페이가 살아남을 수 있었다. 그런데 수련생도 아닌, 완전히 아마추어인 내가 만든 열쇠가 그 자물쇠를 열지 못했다면 페이페이는 어떻게 되었을까?

지금 생각해보면 나의 그 열쇠가 페이페이를 살렸다.

페이페이가 함께 살게 된 후 우리 집의 공간은 재배치되었다. 페이페이와 엄마가 '방'에서 자고 나는 아빠와 2층 가게에서 잤다. 휴일이 되면 엄마와 페이페이가 북문에 야오야오빙搖搖冰•을 팔러 갔다. 이유는 잘 모르겠지만 그 무렵부터 사람들이 잘살기 시작하면서 자물쇠를 바꾸거나 열쇠를 잃어버리는 일이 많아졌고 우리 집 경제 상황도 덩달아 좋아졌다. 엄마는 페이페이가 복덩이라고 했다. 나와 페이페이가 비교적 좋은 공립 고등학교에 합격하자 아빠는 중허中和에 아파트를 샀다. 그 덕분에 나와 페이페이에게도 각자 잠글 수 있는 문고리가 달린 방이 생겼다.

나는 매년 부모님과 쥐광莒光호 기차를 타고 다자의 진란궁에 갔다. 전란궁 안뜰에 있는 돌사자를 멀리서 바라보며 잊을 수 없는 어릴 적 그 일을 떠올렸다. 그 돌사자는 정말로 자기 입에 주먹을 집어넣은 사람에게 화가 났던 걸까? 그렇다면 어째서 망나니에게 했던 것처럼 내 이도 부러뜨려놓지 않은

• 질산암모늄을 이용해 흔들면 시원해지도록 만든 음료수.

걸까?

페이페이는 학교 도서관에서 책을 자주 빌려 왔다.《몬테 크리스토 백작》《폭풍의 언덕》《이성과 감성》 등 모두 내게는 너무 어려운 것들이었다. 페이페이는 자기가 뭘 쓰고 있다고 했다. 무얼 쓰는지 물었지만 다 쓰면 보여주겠다고 했다. 나는 페이페이가 망나니를 닮았다고 생각했다. 망나니는 입으로 말하고 페이페이는 글로 쓴다는 것이 다를 뿐이었다. 나는 점점 열쇠 만드는 일에 빠져들었다. 가끔씩 아빠가 가게를 비우면 손님들이 맡기고 간 열쇠를 대신 파놓기도 했다.

하지만 아빠는 열쇠 파는 일은 전망이 없으니 공부에 전념하라면서 더 어려운 열쇠를 파는 기술은 전수해주지 않았다.

언제부터인지 몰라도 페이페이가 책을 읽고 있는 옆모습을 볼 때마다 숨을 쉴 수 없을 만큼 괴로웠다. 그 고통의 원인이 무엇일까 고민했지만 얻은 건 더 많은 의문들뿐이었다. 그때 나는 매일 아침 아랫도리가 불룩해지는 나이였다. 내가 아는 건 봉긋하게 부풀어 오르기 시작한, 수수께끼 같은 페이페이의 가슴을 쳐다볼 수가 없다는 것과 저녁에 페이페이가 베란다에 널어놓은 작은 새 같은 속옷을 쳐다볼 수 없다는 것뿐이었다. 하지만 그게 전부가 아니었던 것 같다.

나는 그녀의 눈, 옆모습은 물론 그녀 몸의 다른 곳에도 매료되었다. 오랜 세월이 흐른 뒤에야 그것이 나의 첫사랑이었음을 깨달았다. 나는 페이페이 방의 열쇠는 복제하지 않았다.

설령 열쇠를 복제하기만 하고 그 열쇠로 몰래 문을 열고 들어가는 짓은 절대 하지 않는다고 하더라도 그건 나쁜 짓이었다. 페이페이 방의 열쇠는 오직 그녀만이 가지고 있어야 한다고 생각했다.

내게 사랑이란 아주 오랜 시간의 준비가 필요한 일이었다. 나는 원래 내가 1,000미터를 헤엄칠 수 있다는 걸 알아야만 물에 뛰어드는 사람이다. 그래서 어느 날 페이페이의 잠긴 방 안에 다른 남자가 있는 걸 알고 난 후 모든 것을 깨끗하게 단념했다. 오랫동안 페이페이의 방은 이중으로 잠겨 있었고, 나는 이종사촌인 그녀 때문에 받는 부담감과 불편함에 몹시 괴로웠다.

당신도 알고 있듯이 페이페이는 나중에 그 방에서 자살했다. 엄마는 그 일로 큰 충격을 받았고 자기 딸이 죽은 것보다 더 상심했다(엄마에게는 딸이 없으므로 이건 정확한 비교는 아니다). 죽음의 그림자에 에워싸여 있던 그 소녀는 결국 죽음을 따라가버렸다. 심지어 우리는 페이페이가 자살한 이유조차 알지 못한다. 그저 어느 날 아침 그녀의 방 문이 열리지 않았고 그녀가 밥을 먹으러 나오지 않았다.

지금도 돌사자가 나왔던 꿈을 떠올릴 때마다 그게 정말로 꿈이었는지 의심스럽다. 돌사자는 어째서 나를 이모네 집으로 데리고 갔을까? 어째서 내가 시험도 해보지 않은 '낯선' 열쇠가 단번에 이모네 집 문을 열 수 있었을까? 만약 운명이라는 것이 있어서 페이페이를 10년 더 살게 한 것이라면 그녀가 우리와 10년 동안 살다가 떠나게 한 것은 대체 무슨 의미일까?

작년에 전란궁에 갔을 때 나는 용기를 내어 안뜰에 있는 돌사자에 다가갔다. 그런데 돌사자의 머리가 내 허리에도 닿지 않을 만큼 작았다. 수사자의 받침에 '건륭乾隆 계축癸丑년 국월菊月에 놓다'라는 글씨가 새겨져 있다는 것도 처음 알았다. 점괘해석가 아저씨를 찾아보았지만 직원은 아저씨가 몇 년 전에 돌아가셨다고 했다. 하는 수 없이 새로 온 점괘해석가에게 물어보았다. 민속학 석사 학위를 가졌다는 그 청년은 자신이 논문을 쓸 때 이곳에서 자원봉사를 했다고 했다. 그에게 국월이 몇 월이냐고 묻자 9월이라고 했다. 그는 1월은 단월端月, 2월은 화월花月, 3월은 매월梅月, 4월은 동월桐月, 5월은 포월蒲月, 6월은 복월伏月, 7월은 여월荔月, 8월은 계월桂月, 10월은 양월陽月, 11월은 가월葭月, 12월은 납월臘月이라며 묻지 않은 것까지 얘기해주었다.

돌사자가 어째서 진짜 사자와 닮지 않게 만들어졌는지 아느냐고 물었더니 그는 조금 망설이다가 잘 모르겠다고 대답했다. 조금 뒤 전란궁을 나오려는데 그 청년이 다가와 말했다.

"돌사자가 어째서 진짜 사자와 닮지 않게 만들어졌느냐고 물으셨죠?"

내가 대답했다.

"네."

"저희 아버지가 얘기해주셨는데 맞는지 모르겠지만 한번 들어보세요."

"그러죠."

"돌사자가 진짜 사자와 똑같이 생기면 도망갈까 봐 그런 거래요."

"도망간다고요?"

"네. 사자가 초원, 산, 밭 같은 데로 도망갈 수 있대요." 청년은 부끄러워 하는 눈빛으로 한마디 덧붙였다. "우습죠? 그냥 짐작이에요."

"아니에요. 고마워요. 그런데 돌사자는 진짜 사자와 닮지 않았더라도 도망갈 수 있어요."

"그게 무슨 말씀이세요?"

"아무것도 아니에요. 200년 넘게 이 자리를 지키고 있는 돌사자가 어떤 일을 기억하고 있는지 궁금하군요. 만약 도망친 적이 있다면 말이죠."

어쩌다 보니 당신을 붙잡고 너무 많은 얘기를 해버렸다. 당신은 그저 내가 그 마술사를 아직도 기억하는지 물었을 뿐인데 내 기억이 한데 뒤엉켜버렸다. 나는 순탄하게 전자 회사에 다니며 가끔씩 페이페이가 읽었던 소설들을 읽었다. 그러다가 이란 여행을 계기로 페르시아 카펫과 페르시아 여자에게 매료되었다. 페르시아 여자와 결혼한 뒤 페르시아 카펫 사업을 시작했고 두 아이도 낳았다. 바보처럼 들릴지 모르지만 그 마술사는 평범한 마술사가 아니었다. 그의 마술 중 어떤 것은 너무 흔했고 또 어떤 것은 즉흥적이고 불가사의했지만 말이다. 기회가 있다면 그를 찾아가 나를 상대로 마술을 해보라고 하고 싶다.

참, 당신에게 줄 열쇠가 하나 있다. 구슬을 꿴 모양을 본떠서 만든 것인데 액세서리로 사용해도 좋고 열쇠고리로 써도 좋다. 이 열쇠에 맞는 자물쇠가 있는지 궁금할 것이다. 없다. 어디에도 없다. 내 취미는 열쇠를 만드는 것이지 자물쇠를 만드는 것이 아니다. 당신도 알다시피 이 세상에는 열쇠로 열리지 않는 것들이 너무 많다. 하지만 열쇠가 만들어지면 언젠가는 그것으로 열 수 있는 무언가를 꼭 만나게 될 것이라고 나는 믿는다.

햇빛 어른거리는 길 위의 코끼리

까마귀와 연애하게 될 줄은 정말이지 예상하지 못했다. 우리의 성격이 너무 다르기 때문이다. 우리 성격은 잠자리와 매미의 혈연 관계만큼이나 거리가 멀다.

까마귀를 만난 건 동호회에서다. 그곳에는 자신은 쓰지도 못하는 소설에 대해 토론하고, 스스로 타인의 소설에 촌철살인의 비평을 날릴 수 있다고 자부하는 사람들이 넘쳐났다. 나는 친구 JOJO에게 이끌려 그곳에 갔다. 열 명이 조금 안 되는 독서 토론회에서 나와 까마귀만 침묵을 지켰다. 까마귀는 위아래로 온통 검은 옷을 입고 구석에 앉아 있었는데 그의 눈빛은 축축하고 차가운 손수건 같았다. 독서 토론회가 끝나자 그가 내게 다가와 말을 건넸다.

"난 까마귀예요. 니카노르 파라의 시와 무라카미 하루키의 소설을 좋아해요."

한 달 후 나는 그와 첫 섹스를 했다. 섹스가 끝난 뒤 따뜻한 강보에 싸인 아기가 된 것처럼 느른하게 잠이 쏟아졌지만 까마귀와의 첫 섹스라는 생각에 나만의 작은 세계 속으로 들어가기가 미안했다. 나는 수면과 각성의 경계에서 줄타기를 하며 조금씩 군살이 붙기 시작한 그의 배를 다리로 천천히 더듬었다. 그런데 까마귀가 일어나 욕실로 가는 바람에 졸음기가 싹 가셨다. 외따로 떨어져 있는 무덤 앞에 나 혼자 서서 막 내리기 시작한 비를 맞고 있는 기분이었다.

그걸 아는가? 여자들은 연애를 할 때 남자 친구의 방을 상상한다. 까마귀의 방은 내가 상상했던 것과 거의 일치했다. 여섯 평짜리 방에 옷장 세 개와 약 2미터 높이의 이케아 흰색 책장 두 개가 있고, 책장에는 시대에 맞지 않는 철학서와 문학서 그리고 아주 오래전에 나온 여행 잡지가 꽂혀 있었다. 여행 잡지에는 아무것도 쓰여 있지 않은 여러 색깔의 포스트잇이 붙어 있었다. 또 까마귀가 베껴 쓴 시와 직접 찍은 사진이 천장을 가로질러 묶여 있는 철사에 빨래집게로 매달려 있었다.

유일하게 내 상상과 다른 것은 책상과 그 위에 있는 아르테미데의 톨로메오 클래식 2관절 스탠드였다. 당시 그의 경제 상황으로 볼 때 톨로메오 스탠드는 독하게 마음먹고 한동안 허리띠를 졸라매야만 살 수 있는 것이었고, 더욱이 그의 책상과는 정말로 어울리지 않았다. 그의 책상은 서랍이 두 개 달린 오래된 디자인이었다. 자세히 보면 칼로 장기판을 그려놓은 부분도 있었다. 낡고 오래된 책상과 톨로메오 스탠드는 아무리 봐도 부조화 그 자체였다.

내가 욕실 쪽을 향해 외쳤다.

"갈아입을 옷을 빌릴 수 있어?"

"물론이야. 오른쪽 문 열면 셔츠가 있을 거야."

나는 옷장을 열었다. 그곳에 코끼리가 있었다.

대략 1990년쯤이었을 거야. 나는 어떤 이유로 집을 나왔어. 엄마는 돌아가신 지 오래였고 나는 아빠와는 줄곧 사이가 나빴지. 3년 동안 아빠와 한마디도 하지 않은 적도 있어. 상대방의 언어를 이해하지 못하는 사람들처럼. 집을 나오기 얼마 전에는 몇몇 친한 친구들 집을 전전하며 지냈어. 하지만 더부살이가 오래되자 친구들이 나를 귀찮아하기 시작하더군. 내가 남의 집의 어울리지 않는 소파가 된 기분이었어. 살 곳을 찾아야 했어. 돈 문제를 해결하기 위해 아르바이트를 수없이 했어. 전단지 배포, 설문 조사, 주유소 야간 파트 등등 하루에 아르바이트를 서너 개나 한 적도 있어. 그렇게 해서 타이베이 외곽에 작은 방 한 칸을 마련할 능력이 생겼어.

집에서 가지고 나온 짐을 방에 풀어놓고 나니까 내가 그 공간에 속한 것 같은 기분이 들더라. 화장실을 제외하면 남들과 공유하지 않아도 되는 공간이 드디어 내게 생긴 거니까.

아빠가 나를 찾을 생각이 없다는 걸 알고 있었어. 내가 아직 학교에 다녀야 하니까 언제든 학교에 가면 나를 쉽게 찾을 수 있다는 걸 아빠도 알고 있었으니 말이야. 나도 집에 들어갈 생각이 없었어. 시간이 흐를수록 우리 둘 다 먼저 숙이고 들어가는 걸 패배라고 생각했어. 각자의 모퉁이에서 어떻게 하면 상대에 관한 기억을 없애버릴 수 있는지 생각하고 있었는지도 모르지. 아르바이트에 너무 많은 시간을 쏟은 탓에 학교에 있는 동안에는 대부분 잠을 잤어. 몇 학기가 지나도록 한 과목도 낙제하지 않은 건 기적이야. 수업이 한가했기 때문은 아니야. 매주 촬영 과제가 있고 학기 말에는 다큐멘터리, 드라마, 다양한 리포트를 제출해야 했으니까. 하지만 나는 그런 과제물이 별로 힘들지 않았어. 뷰파인더에 눈을 가까이 대고 렌즈를 통해 세상을 바라보는 게 좋았어. 농담으로 하는 얘기가 아니라 그 일이 내 천직이라고 생각했어. 내가 촬영하고 인화하고 현상한 첫 흑백 사진은 바리八里의 부두였어. 축축한 회색 시멘트 바닥이 프레임의 3분의 1 지점에서 경사져 있고, 검은 옷을 입고 낚싯대를 30도 각도로 든 낚시꾼의 옆모습이 보여. 거기서 세 걸음쯤 떨어진 곳에 낚시꾼이 한 사람 더 있어. 그는 엉킨 낚싯줄을 살펴보는 것처럼 낚싯대를 곧추세운 채 등지고 서 있지. 또 두 사람 사이에서 점박이 똥개 한 마리가 앉아서 뒷다리로 귀를 긁고 있어. 거의 투명에 가깝게 아슴아슴한 강 건너편 광경은 피사계 심도 밖에 떠 있어서 안개로 만든 도시 같아. 그 사진은 지금도 가지고 있어. 그때 선생님이 내준 과제의 제목은 '세 가지 암시'였어.

다행히 여자 친구가 없어서 돈을 많이 쓰지 않을 때였어. 그래서 아르바이트로 번 돈을 모조리 사진 인화하는 데 쏟아부을 수가 있었지.

한번은 학교 영화 서클의 아주, 아창, 아쩌, 나 이렇게 넷이서 어떤 아르바이트에 지원했어. 서클에서 누구도 이해하지 못한 〈안달루시아의 개〉를 보여준 날이었어. 우리는 '진입 금지' 푯말도 무시하고 아직 완공되지 않은 강변순환도로 위를 스쿠터로 달렸어. 그 길로 가면 타이베이까지 10분 정도 절약할 수 있었거든. 배기가스가 자욱한 대로변의 작은 골목으로 접어들어 공사장을 지나면 거짓말처럼 평탄한 새 아스팔트 도로가 펼쳐져 있었지. 낡은 제방이 길을 따라 이어져 있었는데, 가끔씩은 물이 넘어오는 걸 막기 위한 게 아니라 이 도시 사람들에게 강을 보지 못하게 하려고 그 제방을 쌓아놓은 건 아닐까 의심스러웠어. 그 길 위를 달릴 때면 항상 제방 너머에서 우리에게 별로 호의적이지 않은 물이 따라오고 있는 것 같은 기분이었지. 길의 끝은 타이베이 시와 타이베이 현을 연결하는 다리와 이러져 있었어. 다리가 끊어지는 끔찍한 사고가 발생한 뒤로 새로 지은 다리를 건널 때마다 갑자기 굉음과 함께 다리가 두 동강 나서 내 몸이 갈색 강물로 빨려 들어가는 상상을 했어.

아르바이트를 모집하는 매장에 도착하니까 벌써 6시가 넘었더라. 고급 상점이 즐비한 곳에 있는 아동복 매장이었는데 문 앞에 혼혈 아이들을 모델로 등장시킨 포스터가 붙어 있었어. 양복을 입고 앞주머니에 흰색 행커치프를 꽂고 있는 아이, 카우보이 옷을 입고 작은 채찍을 들고 있는 아이, 드레스에 하이힐을 신은 아이. 마치 도라에몽의 축소 손전등을 비춘 어른들 같았지. 다른 쪽 쇼윈도 안에서는 아동 마네킹 세 개가 위선적인 미소를 짓고 있었어. 그중 하나는 파란 눈동자, 나머지 둘은 갈색 눈동자였어.

"안녕하세요. 아르바이트를 구한다고 해서 왔어요."

매장에 있는 점원을 보자마자 아주의 목소리가 부드러워졌어.

"들어와서 앉으세요."

홀터넥 디자인의 물빛 유니폼을 입은 점원의 목소리가 나긋나긋했어. 짧은 유니폼 아래로 쭉 뻗은 다리가 아슬아슬해 보였지.

매장 매니저는 테디 베어를 닮은 아주머니였어. 유니폼을 입은 모습이 어딘가 어울리지 않았어. 자세히 보니 유니폼에 네 다리가 짧고 귀여운 코끼리가 수놓아져 있었는데 양 볼을 불룩하게 내밀고 앙증맞게 웃고 있었지. 천장에서 내려오는 긴 줄 끝에 가지각색의 바람개비가 매달려서 에어컨 바람에 맹렬하게 돌아가더라. 누가 시간의 태엽을 빠르게 돌려놓은 것처럼 말이야.

매니저가 과하게 온화한 말투로 말했지.

"3시부터 9시까지 하루에 여섯 시간씩 코끼리 옷을 입고 문 앞에서 풍선을 나누어주면 돼요. 여러분이 두 조로 나누어 교대로 일하면 되겠네요. 옷이 무거워요. 5~6킬로그램쯤 될 거예요. 하루에 두 명씩 일하는 게 좋겠어요. 옷을 입고 벗는 게 번거로우니까 자주 교대하지 않는 게 좋을 거예요."

내가 물었어.

"저녁 먹을 때 교대하나요?"

"하루 2교대로 하겠다면 직원에게 저녁 도시락을 하나 더 준비하라고 할게요. 여기서 먹어요."

"코끼리 옷을 볼 수 있을까요?"

아주가 불쑥 끼어들었어.

"봐서 뭐하게? 입어보려고?"

매니저가 사람 좋은 미소를 지으며 말했어.

"보여주고 싶지만 아직 도착하지 않았어요. 본사에서 하루 이틀 전에 발송했으니까 입는 데는 문제없을 거예요. 다른 질문 있나요?"

"없습니다."

"그럼 빨리 결정해주세요. 지원자가 또 올지도 모르니까. 곧 창립 기념일이라 코끼리 역할을 맡아줄 사람이 급하게 필요해요."

유리문을 열고 나오는데 후끈한 공기가 훅 달려들었어. 매장은 길이 꺾어지는 모서리에 있었고 치러우의 네 기둥도 코끼리 다리 모양으로 꾸며져 있었어. 돌기둥과 바닥이 만나는 부분을 과장되게 돌출시켜서 흰 반원형의 발톱 네 개를 그려놓았더군. 말하자면 행인들이 코끼리 배 밑으로 지나가는 셈이었어. 우리는 코끼리 배 밑에서 작은 회의를 열었어. 아쩌와 아창은 일을 하지 않겠다고 했어. 두 명은 코끼리 분장을 해야 할 만큼 생활에 쪼들리지 않았으니까. 예상대로 그 일은 나와 아주의 차지가 되었지.

나는 그 일을 거절할 처지가 아니었어. 우체국 계좌에 고작 30대만달러밖에 없었으니까. 오히려 내게는 코끼리 분장을 해야 한다는 점이 가장 매력적이었어. 미키마우스나 구피 분장을 해야 했다면 느낌이 완전히 달랐겠지. 하지만 코끼리 분장은 별로 거부감이 없었어.

첫날 일을 하러 가는데 뜨거운 햇볕이 사정없이 내리쬐더라. 멀리서 보면 아스팔트 길이 반짝이는 강물 같았어. 모두들 자신의 무언가가 햇빛에 너무 환하게 드러날까 봐 두려워하는 사람들처럼 그늘을 찾아 걸었어. 휴대용 CD플레이어를 가지고 갔어. 소리를 들을 필요도 없이 열심히 풍선을 나누어 주며 귀여운 코끼리가 할 법한 동작만 하면 그만일 테니까. 그런데 코끼리가 무슨 동작을 할지 잘 생각나지 않더라.

매장에 도착해 각선미가 예쁜 여점원에게 인사를 했지. 그녀가 나를 기억하고 있다는 사실에 조금 기뻤어. 그녀가 코끼리 옷이 있는 곳으로 나를 데려갔어.

"옷을 입으면 불러요. 지퍼를 올려줄게요."

그 말에 얼굴이 확 달아올랐어.

코끼리 옷은 창고에 있었어. 사방에 진열장이 나란히 서 있고 아동복이 사탕처럼 비닐봉지에 싸여 있었어. 코끼리 몸은 회색 상자처럼 접혀서 의자 위에 놓여 있었지. 자동차 타이어만 한 커다란 머리가 계속 바보처럼 해죽거리면서 말이야. 옷 안으로 몸을 집어넣으니까 다리부터 회색으로 덮이면서 내가 코끼리로 변했어. 후끈한 온기가 발끝부터 나를 덮쳤어. 아직 에어컨을 켜놓은 실내였는데도. 아뿔싸, 싶더군. 나는 더위를 많이 타는 사람이거든. 문밖에 있는 여점원을 부르니까 그녀가 들어와서 등 뒤의 지퍼를 올려주었어.

"됐어요. 반은 코끼리가 됐네요. 탈만 쓰면 아무도 못 알아볼 거예요."

그녀가 주의 사항을 알려줬어.

"문 앞에 멀뚱히 서 있지 말고 귀여운 동작을 해서 사람들의 주의를 끌어요. 어린애들을 놀라게 하지 말고요. 무서워하는 아이가 있으면 일부러 다가가지 말아요. 풍선을 나눠줄 때는 방문을 환영한다는 동작을 하고요. 자리를 뜨면 안 돼요….”

“CD플레이어를 들어도 되나요?”

“그러면 아무것도 안 들리잖아요?”

“그렇진 않을 거예요. 몇 시간 동안 서 있어야 하잖아요. 매장 안에 있는 시계를 볼 수 있으니까 일에 방해가 되진 않을 거예요. 저한테 할 말이 있을 때는 손을 흔드세요.”

나는 CD플레이어의 재생 버튼을 누른 뒤에 코끼리 탈을 썼어. 코끼리 머리 부분은 비어 있고, 윗부분에 벨크로로 스펀지를 붙일 수 있게 되어 있었어. 키에 맞춰서 스펀지 두께를 조절하는 방식이었지. 키가 작든 크든 스펀지 두께를 조절하면 코끼리 입 부분을 통해 바깥을 볼 수 있었어. 코끼리 머리가 무겁기도 했지만 고개를 너무 높이 들면 밖에서 사람 얼굴이 보이니까 고개를 약간 숙인 자세를 유지해야 했어. 그러니까 시야각이 약 30도밖에 되지 않아서 아이들은 보이지만 어른은 하반신밖에 보이지 않더라. 술래잡기를 하며 숨어서 술래를 기다릴 때 아래쪽 틈새로 조금 보이는 세상 같았지.

의도치 않은 자세 덕분에 주변 환경이 새롭게 눈에 들어왔어. 기둥에 그려져 있는 코끼리 발톱에도 사람 손톱처럼 반달무늬가 있었어. 코끼리 발톱에 정말로 그런 무늬가 있는지는 잘 모르겠지만. 붉은 보도블록이 깔린 바닥에는 타원형 두 개를 겹친 무늬가 새겨져 있고, 스테인리스 쓰레기통의 다리 용접 부분에는 지저분하게 때가 끼어 있었어. 보도블록 위에 널려 있는 희끗희끗한 자국은 비둘기 똥이더군. 순결과 평화를 상징하는 새가 똥을 싼다는 사실이 뜻밖이더군. 고개를 들어 비둘기 둥지가 어디에 있는지 찾아보았지만 찾을 수가 없더라. 빌어먹을 머리가 너무 무거워서 말이야.

왜인지는 몰라도 갑자기 엄마 생각이 났어. 어릴 적 엄마는 바쁠 때면 옷장에 있는 커다란 상자를 꺼내주었어. 그 안에 헝겊이며 단추, 허리띠, 스펀지, 실 같은 것들이 가득 차 있었지. 전부 옷에서 떼어낸 자투리들이었어. 우리 엄마는 옷 수선 일을 했어. 우리 집은 일반 손님들은 거의 오지 않는 중화상창의 3층에 있었고, 엄마는 1층에 있는 양복점과 제복점에서 맡기는 수선 일감을 받아서 일했어. 엄마는 손재주가 좋고 수선비도 한 벌에 10대만달러로 싼 편이었기 때문에 일감이 끊이지 않았어. 1층에서 옷을 가져오면 엄마가 건축 설계도처럼 수선해야 할 부분을 분필로 그려 표시했지.

나는 금세 잡동사니 상자에 흥미를 잃고 헝겊으로 된 바다로 뛰어들듯 스르르 잠에 빠졌어. 가끔은 상자를 쳐다보고만 있어도 정말로 잠이 오기도 했어.

나는 자투리 헝겊처럼 조각난 기억들을 더듬으며 전단지를 나누어주었어. 아이들이 풍선을 받고 아주 기뻐한다는 걸 그들의 발가락만 봐도 알 수 있었지.

코끼리 몸속에 숨어서 바깥 공기와 격리되니까 온몸에 땀에 푹 젖었어. 귀여운 코끼리가 그려진 풍선 주둥이를 가스통에 대고 칙칙 바람을 넣을 때마다 땀줄기가 벌레처럼 겨드랑이를 기어 지나갔지. 아이들은 숨 쉴 틈도 없이 풍선을 받으려고 모여들었어. 내가 아이를 원치 않게 된 게 바로 그때부터였을 거야. 아이들이 새처럼 폴짝폴짝 뛰어 계단을 오르락내리락하며 내는 소리도 싫고, 잠재력 충만한 그 미지의 열매들이 우리의 어린 시절을 떠올리게 하는 것도 싫어.

문득 사람들이 내 얼굴을 알아볼 수 없다는 것을 깨달았어. 신분증상으로는 쉬자치이자 친구들 사이에서는 까마귀로 불리는 내가 세상에서 사라진 거야. 머리에 스펀지를 가득 채워야만 지탱할 수 있는 코끼리 탈을 쓰고 나니까 나는 세상에 존재하긴 했지만 또 어떤 의미에서는 내가 투명 인간인 것처럼 느껴지기도 했어.

어릴 적에는 투명 인간이 되고 싶었어. 만화책에서 본 투명 인간이 되는 주문을 외면서 옷을 벗었는데 밖에 나가 주문의 효험을 시험해볼 용기가 없더라. 형은 주문을 믿는 사람에게만 효력이 발휘된다고 했어. 결국 나는 주문을 믿지 못했어. 벌거벗은 채 밖으로 나갈 수가 없더라. 형도 마찬가지였어. 우리 둘은 자신의 몸을 보듯 서로의 벌거벗은 몸을 쳐다보았지. 또 주문을 믿더라도 누구에게나 효력을 발휘하는 것은 아니고 그 주문을 알고 있는 사람을 만나면 효력이 사라진다나. 그러니까 같은 주문을 알고 있는 우리는 주문이 효력을 발휘했는지 서로 증명해줄 수가 없었어.

나중에 첫 여자 친구에게 그 얘기를 해줬어. 싸구려 모텔에서 섹스를 한 뒤에 침대에 누워 얘기를 하다가 그녀에게 주문을 가르쳐주고 나도 같이 읊었지. 그러고 나서 창가에서 또 한 번 섹스를 했어. 세상 사람들이 우리를 보지 못할 거 같았으니까.

그 일을 회상하고 있을 때 익숙한 발이 내 눈앞을 지나갔어. 정확하게 말하면 익숙한 발이 아니라 익숙한 발가락이었지. 나도 모르게 고개를 들었다가 아이들에게 내 얼굴의 일부를 들키고 말았어. 아이들이 가짜 코끼리라며 깔깔거리고 웃더군. 얼른 고개를 숙이는데 그녀의 뒷모습이 눈앞을 휙 스쳤어. 그녀를 부르려는 순간 내가 지금 코끼리라는 사실이 퍼뜩 떠올랐어. 코끼리가 사람의 언어로 누군가를 부를 수 있겠어? 아이들을 피해 몇 걸음 앞으로 다가가는데 그때 빨간불이 파란불로 바뀌었어. 신호등이 바뀌자마자 그녀가 뒤도 돌아보지 않고 길을 건너지 뭐야. 그녀의 걸음은 사람이 태어나서 시시각각 늙어가는 것처럼 주저함이 없었어.

잠깐 망설였지만 코끼리가 횡단보도를 건너는 것은 있어서도 안 되고 어울리는 일도 아니라고 판단했지. 전단지를 나누어주고 있어야 할 코끼리가 길 건너편에 가 있는 걸 보면 매장 여점원이 얼마나 놀라겠어? 고민하고 있을 때 파란불이 다시 빨간불로 바뀌었어. 타이베이의 신호등은 항상 그런 식이지. 사람들이 맞은편에 도착하자마자 모든 게 다시 가로막혀. 그러니까 주저하지 말고 길을 건너야 해. 인생에서 그렇게 용감하게 해내야 하는 일이 몇 안 되는 것처럼. 열기가 이글거리는 길 위에 서 있던 코끼리가 고개를 살짝 들었다가 당혹감과 쓸쓸함이 교차하는 모습으로 길 건너를 쳐다보고 있는 장면을 상상해봐.

그때부터 하루 종일 그 뒷모습과 발가락이 뇌리에서 사라지지 않았어. 그 발가락은 매력적인 다리에서 고독하게 자라나 있었어. 너무 아름다워서 하나가 열로 나뉘어야만 했던 것처럼, 그러지 않으면 그 아름다움을 감당할 수 없는 것처럼 말이야. 하지만 그게 정말로 그녀인지 확인하지 못했어. 그게 다 그 빌어먹을 신호등과 코끼리 옷, 작렬하는 태양 빛 때문이었어.

일주일쯤 되니까 일이 점점 익숙해졌어. 노골적으로 말하면 또 다른 육체를 파는 일이었지. 가끔은 머리를 포니테일로 묶은 여자아이가 수줍게 다가와 코끼리 몸을 만져보고는 손을 불에 덴 듯 도망치기도 하고, 호기심 많은 개구쟁이 남자아이가 꼬리를 힘껏 잡아당기기도 했어. 엄마에게 안겨 있던 어린 아기는 코끼리 코를 살짝 만져보더니 코끼리 코가 기쁨의 에너지라도 주입해주는 듯 까르륵대며 웃었어. 그 순간 코끼리 분장을 한 보람을 느꼈지만 그것도 잠시뿐이고 또 내가 아닌 코끼리의 희열이었어. 나는 얼마 가지 않아서 아이들을 즐겁게 해주는 일에 무덤덤해졌고 거의 나를 집어삼킬 듯한 고독감에 휩싸였어. 사람들은 코끼리만 볼 뿐 그게 나라는 걸 알아보지 못했으니까. 아주에게 이런 감정을 털어놓았더니 퉁명스러운 면박이 날아오더군.

"이 자식이 또 우울증 환자 행세로 여자를 후리려고?"

나는 땀에 함빡 젖은 코끼리 옷을 벗어 녀석에게 건넸어. 내 시간이 끝나면 다음은 아주가 교대했어. 물론 아주의 지퍼를 올려주는 일은 내가 했지.

아주가 뇌까렸어.

"젠장, 이럴 줄 알았으면 내가 앞 시간을 뛰는 건데."

거의 날마다 오후가 되면 소나기가 왔어. 누군가 불을 꺼버린 것처럼 하늘이 별안간 어두워졌지. 비가 쏟아지면 나는 치러우 밑에 서서 소리 없이 내 앞을 지나치고, 모퉁이를 돌고, 속도를 늦추고, 천천히 앞차의 꽁무니를 따라가는 자동차들을 구경했어. 길게 이어진 상여 행렬 같았지. 어느 날 신호등을 기다리던 여자아이가 소프트 아이스크림을 땅에 떨어뜨리고는 울음을 터뜨리더라. 아이스크림이 빗물에 녹아 고통에 겨운 크림색이 되었어. 얼른 다가가서 아이에게 풍선을 건넸더니 아이 엄마가 고맙다며 예의 바르게 인사를 했어. 풍선에 정신을 빼앗긴 아이가 흐느낌이 멎지 않은 채로 배시시 웃었어. 그런데 그때 무심코 고개를 살짝 들었는데 길 건너에서 어떤 남자가 나를 쳐다보고 있는 것 같았어. 남자는 내가 자길 발견한 걸 알고 급하게 몸을 돌려 잰걸음으로 어디론가 가버렸어.

빗줄기가 금세 굵어져서 아이가 떨어뜨린 아이스크림은 뿌연 물이 되고 아이스크림을 담았던 콘만 남았어. 아이 엄마는 우산을 받쳐 들고 아이를 치러우의 코끼리 오른쪽 앞다리 옆으로 데리고 갔어.

코끼리 머리를 살짝 들어 길 건너편을 쳐다보았지만 남자는 이미 사라진 후였어. 길을 건너가서 찾아보고 싶지는 않았어. 오히려 차들이 차디찬 강물처럼 흐르며 길을 양쪽으로 갈라놓은 것이 고마웠지. 그런데 문득 내 눈에 띄었다는 걸 알고 급하게 떠나버린 남자의 뒷모습이 우리 아빠를 무척 닮았다는 생각이 들었어. 아니, 그때 나는 그가 아빠라는 걸 확신했어. 어릴 적 아빠는 엄마와 싸울 때마다 한마디도 하지 않고 매몰차게 몸을 돌려 나가버렸지. 그러다가 우리 둘만 남아 서로 대화를 하지 않게 된 후로 아빠는 나만 보면 불가사의할 만큼 단호하게 몸을 돌려 자리를 피했어. 그래서 얼굴을 보지 않고 뒷모습만으로도 아빠를 알아볼 수 있었지. 가끔은 얼굴을 보지 않을 때 상대의 슬픔을 더 분명하게 느낄 수가 있어. 사람의 뒷모습은 앞모습보다 더 슬프고, 사람의 걸음은 눈빛보다 더 슬픈 법이지. 적어도 나는 그렇게 믿고 있어.

그런데 이상하게도 그 후 얼마 동안 코끼리 분장을 할 때마다 만약 내 생활에 다시 개입한다면 거부하고 싶은 먼 기억 속 사람들이 자꾸만 내 앞에 나타났어. 초등학교에 다닐 때 주산 대회에서 내게 큰 상처를 주었던 수학 선생님, 고등학교 때 몰래 짝사랑했던 여대생, 초등학교 때 육교에 있던 그 추레한 행색의 마술사…. 내가 그렇게 많은 일들을 기억하고 있는 줄은 나도 몰랐어. 잘라도 계속 또 자라는 머리카락처럼 자질구레한 일들을 말이야. 넌 그게 다 어디에 숨겨져 있었는지 생각도 못할 거야.

나는 내가 그 마술사의 얼굴을 기억한다는 사실도 잊고 있었어. 그런데 그가 내 앞을 지나갈 때 그 군용 워커와, 마술과는 전혀 관계가 없을 것처럼 보이던 그 손이 떠올랐어. 그런데 그가 내 앞에서 멈춰 서서 풍선을 받더니 내 앞에서 그걸 날려 보내더라. 그걸 보고 그도 날 기억하고 있다는 걸 알았지. 내가 코끼리로 변해 있는데도 말이야. 그가 도마뱀처럼 두 방향을 동시에 볼 수 있는 눈을 가지고 있다는 걸 나는 어릴 적부터 기억하고 있었어.

내가 어릴 적 중화상창에 살았다는 얘기를 네게 했던가? 넌 거길 모를 거야. 안다고? 음. 나는 제일 앞에 있는 충동에 살았어. 나는 하교 후에 그 마술사가 마술을 하고 있는지 보려고 일부러 애동과 신동 사이의 육교로 달려가곤 했어. 그때 상가에 사는 모든 아이들은 그의 충실한 관객이었지. 어느 날

큰비가 지나간 뒤 빗줄기가 점점 약해지고 있을 때였어. 육교 위 노점상이 하나도 없는데, 그 마술사만 따분한 표정으로 파라솔 아래 앉아 있었어. 나는 형과 함께 그 앞을 지나며 그가 곧 마술을 보여줄 생각인지 눈치를 살폈지. 5분인가 10분인가 기다렸는데 지나가는 사람이 거의 없었어. 그런데 우리가 자꾸만 쳐다보는 걸 참을 수가 없었는지 마술사가 우리에게 말했어.

"너희에게만 마술을 보여주마. 너희 둘이 쌍둥이냐?"

우리 둘이 동시에 고개를 끄덕였어.

"네."

"쌍둥이는 한 영혼이 둘로 나누어진 거야. 내가 너희 둘을 다시 한 사람으로 합쳐줄 수가 있어. 내가 셋까지 세면 너는 오른쪽으로 돌고 넌 왼쪽으로 돌아서 서로 등을 맞대고 눈을 감아라. 하나, 둘, 셋. 좋아. 아주 잘했어. 이제 서로의 얼굴을 떠올려봐. 눈썹, 눈, 입, 치아, 귀, 턱까지. 자세히 생각할수록 좋아. 이제 둘이 동시에 셋까지 센 뒤에 뒤로 돌아 서로를 향해서 서. 눈은 아직 뜨지 말고. 하나, 둘, 셋. 옳지. 이제 눈을 떠라."

눈을 떴는데 형이 보이지 않는 거야.

태어나서 그렇게 무섭고 당황했던 적이 없었어. 아주 잘 알고 있고, 내 곁에 있어야 할 사람이 사라지다니. 육교 위에 나와 마술사 말고는 아무도 없었어. 육교 아래에서는 여전히 차들이 줄지어 지나가고 햇빛은 희미했지. 1초, 아니 그보다 더 짧은 시간에 나의 놀람이 울음으로 바뀌었어. 내 목소리가 도시를 넘어 머나먼 숲까지 들리게 할 기세로 악을 쓰고 울었지. 내가 우니까 마술사도 조금 당황한 것 같았어.

"그냥 마술이야. 마술이라고. 네 형은 사라지지 않았어. 여길 만져봐."

그가 내 손을 끌어다가 내 왼쪽 가슴에 올려놓았어. 심장이 두근두근 뛰더라. 이유는 모르겠지만 뭔가가 정말 거기에 있는 것 같았어. 그게 우리 형일까? 형이 심장 박동으로 바뀐 걸까? 예전과는 약간 다른 온도로 바뀐 걸까? 아니면 형이 내 심장이 된 걸까? 그렇다면 그건 내 심장일까, 형의 심장일까? 눈물이 멈추지 않았어. 마치 두 사람이 흘리는 눈물이 다 내 눈에서 쏟아지는 것처럼.

마술사가 공책을 꺼냈어. 아무것도 적혀 있지 않고 뒤표지에 '정정당당한 중국인이 되자', '바르고 착한 학생이 되자'라고 쓰여 있는 것 같은 그런 낡은 공책이었어. 그가 공책의 어떤 쪽을 펼치더니 내게 내밀었어.

"봐. 네 형이 여기 있다."

그 안에 우리 형이, 아니, 우리 형의 초상화가 있었어. 그걸 그린 사람은 천재일 거야. 그런 종이에다가 연필만으로 그렇게…, 무서울 정도로 사실적인 초상화를 그리다니.

날마다 내 옆에서 자는 형의 귓불에 있는 솜털까지 그려져 있는 것 같았어. 형이 말할 때 드러나는, 어금니에 대충 때워 넣은 은가루와 가끔씩 형이 짓는 슬픈 눈빛까지 느낄 수 있었지. 이유는 모르겠지만 형은 일고여덟 살 때 이미 내가 지금껏 본 사람들 중 제일 슬픈 눈빛을 가지고 있었어. 마치 그 눈이 형 자신보다 더 많은 일을 겪은 것처럼 말이야. 그 눈빛이 형과 나의 유일한 차이점이었어.

마술사가 공책을 덮더니 내게 왼손을 공책 위에 올려놓고 눈을 감고 형을 생각하라고 했어. 그건 어렵지 않았어. 형의 초상화가 내 마음속에 각인되어 있었으니까. 하나, 둘, 셋. 눈을 뜨자 형이 방금 잠에서 깬 듯 멍한 표정으로 내 옆에 서 있었어.

집에 돌아오는 길에 우린 아무 말도 하지 않았어. 우린 차가운 시냇물에 빠졌다가 건져 올려진 것처럼 몸이 돌덩이 같았고 심장도 뛰기를 멈춘 것 같았어.

그건 나와 형이 함께한 마지막 여름이었어. 이듬해에 형이 죽었으니까. 엄마가 형에게 시먼딩의 도박장에 가서 아빠를 데려오라고 했어. 형은 육교를 건너기가 귀찮아서 돌격 놀이를 하다가 전철화된 지 얼마 되지 않은 기차에 치였어. 돌격 놀이란 상가 아이들이 어른들 몰래 하던 놀이인데, 차단기가 내려가고 건널목 관리원이 붉은 깃발을 흔들고 난 뒤에 눈을 꽉 감고 건널목으로 돌진해 철로를 건너는 놀이야. 형은 철로에 깔려 있는 돌에 발이 걸려서 넘어졌던 것 같아. 철로에 작은 돌이 많이 깔려 있어서 아이들은 누가 더 새알처럼 둥근 돌을 줍는지 내기를 하곤 했지.

시계 수리 기술자였던 아빠는 상가 1층에서 시계방을 했어. 어렸을 때는 한쪽 눈에 돋보기를 끼고 스탠드 불빛에 둥근 시계를 비추어 보며 불가사의할 만큼 세밀한 연장을 가지고 시계를 수리하고 있는 아빠의 눈빛을 동경했지. 신성하고 거대한 무언가가 톱니 사이에 끼어 있고, 아빠만이 그걸 제자리로 돌려놓을 수 있다고 생각했어. 수많은 소인들이 시계 안에 숨어서 쉬지 않고 똑같은 일을 반복하고 있는 상상을 하곤 했어. 우리 아빠가 그 소인들의 신인 거야. 하지만 내가 제일 자랑스러워한 건 이웃들이 시간을 보러 모두 우리 집에 온다는 사실이었어. 점포마다 당연히 시계가 있었지만, 우리 집 시계를 제일 신뢰했어. 사람들이 우리 집 앞을 지날 때마다 가게 안을 흘긋 쳐다보고 자기 손목시계를 들여다보곤 했지.

아빠의 작업대는 내 놀이터이기도 했어. 아빠는 작업대 위에 장기판을 그려놓고 한가할 때 나와 형을 데리고 장기를 두었어. 어린 형제 둘이 한편이 되어도 아빠의 상대가 되지 않았으니까 아빠가 차와 포를 하나씩 뗐지.

하지만 아빠는 노름에 푹 빠진 뒤로 시계 고치는 일에 집중하지 못했고 자기 생활에서도 시간 감각이 완전히 사라졌어. 나는 형의 마지막 얼굴을 보지 못했어. 이웃집 아미는 기차에 짓뭉개진 사람에겐 마지막 얼굴 같은 건 있을 수 없다고 했지.

형이 죽은 뒤 아빠는 더 이상 노름은 하지 않았지만 날마다 육교 난간에 앉아 건널목을 내려다보다가 하늘을 올려다보고 또 건널목을 내려다보다가 하늘을 올려다보았지. 그곳 상공에서 수시로 프테로닥틸루스가 나타나는 것처럼. 엄마는 생활을 지탱해주던 버팀목이 사라진 것 같았어. 일찍 일어나 아침을 차리고 전날 입은 옷을 빨아 널고 점심을 준비하고 옷 수선 일을 시작하던 생활의 순서가 뒤죽박죽되었지. 손님들의 옷을 수선할 때도 다른 손님의 치수와 뒤바꿔서 수선하기도 하고, 손님의 옷을 망가뜨리거나 잃어버렸어. 나는 그 없어진 옷들이 엄마가 내게 장난감 대신 주는 헝겊 상자 속 헝겊으로 변하는 것이 아닌지 의심하기 시작했어.

그러다 보니 엄마에게 옷 수선을 맡기는 사람이 점점 줄어들었고 2년 뒤에는 엄마도 병으로 세상을 떠났어. 엄마는 나를 위해 좀 더 오래 버텨주지 않았어. 그 2년 동안 아빠는 가게의 권리를 몰래 팔아버렸어. 엄마의 마지막 남은 삶의 희망이 사라졌던 거야. 아빠는 시계 수리 기술자의 명예를 회복하려고 마음먹었던 적도 있지만, 술에 찌들어버려 미세한 부품들을 제자리에 끼워 넣을 수가 없었어. 엄마가 죽고 얼마 되지 않아서 전자시계가 유행하기 시작하자 아빠는 궁여지책으로 육교에 좌판을 깔고 싸구려 전자시계를 팔기 시작했어. 월요일이 되면 모든 시계를 똑같은 시간으로 맞추었지만 일주일이 지나면 또 제각각 시간이 달라져 있었지. 그러면 그걸 또다시 똑같은 시간으로 맞추었어. 아빠는 이제 사람들의 시계를 수리해줄 수가 없었어. 더 이상 기계식 시계를 사는 사람이 없었으니까. 시계가 너무 싸서 차고 다니다가 고장 나면 버리고 새로 사면 그만이었지. 아빠는 전자시계를 좋아하지 않았어.

"건전지로 깜박깜박 가면서 자기가 세상 사람들에게 시간을 알려준다고 생각하지만 그게 어디 그리 쉬운 일이야? 안 그래? 그렇게 쉬운 일은 세상에 없어."

엄마는 아빠가 일제 강점기 때 군대에 징집되었다가 기술병으로 훈련받으면서 시계 수리 기술을 배웠다고 했어. 모든 시계는 태엽을 감아야만 움직일 수 있었던 시대였으니까 그 기술만 있으면 두 아이를 기르는 데 별 문제가 없었어. 하지만 나는 아이라면 모두 가지고 있는 직감으로 아빠가 형은 좋아하지만 나는 미워한다는 걸 알고 있었어. 똑같이 생긴 두 사람에게 똑같은 사랑을 주는 게 그렇게 힘든 일인지 이해할 수가 없었어.

한동안은 우리가 구체적으로 겪는 일들이 환상이라고 생각했어. 탁자도 환상이고 침대도 환상이고, 내가 네 유방을 만진 것도 환상이고, 커다란 나무에 기대어 있는 것도 환상이라고 말이야. 대신 우리 마음이 만들어낸 것들이 실제로 존재하는 거야. 화살에 관통당한 고통이랄까, 우리 뇌리에 각인된 화재에 대한 기억이랄까, 그게 바로 진실한 것이고 말이야.

내가 코끼리가 된 후에 그들이 상여 행렬처럼 저 멀리서 나타났어. 나는 그들을 직접 만질 수도, 그들과 대화를 나누거나 가까이 갈 수도 없었지. 그 두 달 동안 아주와 교대한 뒤에 곧장 집에 가지 않고 길의 다른 쪽에 서서 코끼리 옷을 입고 풍선을 나누어주는 아주와 내가 늘 쳐다보던 그 길을 멀리서 지켜보았어. 과연 그 영혼들이 나올지 궁금했거든. 맞은편에서 보면 코끼리 옷 안에 누가 있든 겉으로 보기에는 똑같았어. 풍선에 수소 가스를 넣으면서 늘어진 꼬리를 흔들고 항상 웃는 얼굴로 길에 서 있었지. 말하지 않으면 그 코끼리가 아주인지 나인지 알 수가 없었어. 그런데 이상하게도 코끼리 옷을 벗고 나면 아무도 나타나지 않았어. 그들은 내가 코끼리 옷을 입고 있을 때만 나타나고 내가 나로 변하면 모두 숨어버렸지.

아르바이트가 거의 끝나갈 때쯤 특별한 이유도 없이 그 코끼리 옷을 사기로 했어. 매니저에게 내게 줄 월급 대신 코끼리 옷을 달라고 했지. 아주와 여점원이 깜짝 놀라더군. 내 머리가 어떻게 된 줄 알았을 거야. 매니저가 잠시 생각하다가 선심 쓰듯이 코끼리 옷이 두 달 치 월급보다 비싸지만 내게 팔겠다고 하더군.

그게 바로 네가 옷장에서 본 그 코끼리야.

나는 까마귀가 들려주는 그 코끼리 옷에 대한 얘기를 들으며 다리로 그의 배를 천천히 쓰다듬었고 우리는 또 한 번의 섹스를 했다. 그가 발기했을 때 나는 투명 인간으로 변하는 주문을 가르쳐달라고 했다. 우리는 그 주문을 속으로 세 번씩 읊은 뒤에 커튼과 창문을 열고 소리 없이 섹스를 했다. 어떤 시간을 연장하려는 것처럼, 사람들 또는 물건들이 갑자기 창밖에 나타나기를 기대하는 것처럼 그렇게.

절정이 지나간 뒤 까마귀가 눈을 감고 말했다. 예전 여자친구와 스무 살이 되던 해에 아기를 지운 적이 있다고. 그때는 섹스할 때마다 그녀의 은밀한 곳을 핥아주는 것을 좋아했는데, 그곳이 세상에서 제일 따뜻한 곳 같았다고 했다.

그날 그들은 친구가 소개해준 작은 병원에서 아기를 지운 뒤 함께 신공원新公園의 외진 수풀 속에 숨어 있던, 아무도 앉지 않는 벤치로 갔다.

까마귀가 말했다.

"나중에 2·28공원으로 이름이 바뀌었지만 나는 신공원이라는 이름이 좋아. 영원히 새것 같잖아? 나무가 천천히 자라고 집들은 낡아가고, 연못의 물고기가 죽으면 또 새로운 물고기들을 풀겠지. 그런데도 그 공원은 여전히 신공원이라고 불리는 거야. 우리는 벤치에 앉아서 울기 시작했어. 처음에는 그녀가 울기 시작했고 나도 따라서 울었어. 그날은 공원에 사람이 별로 없어서 울음소리를 들은 사람도 없었을 거야. 그 후에도 우리는 얼마 정도 더 사귀었고 가끔 섹스도 했어. 나는 애무를 하며 그녀의 은밀한 곳을 핥았지. 그런데 이상하게도 그곳이 차갑더라. 버려진 도시나 봉쇄된 길처럼. 우린 석 달 뒤에 헤어졌어."

코끼리가 되었을 때 그녀가 그를 알아보았다면 무슨 말을 했을 것 같으냐고 물었더니 그는 아무 말도 하지 않았을 거라고 대답했다.

까마귀가 말했다.

"코끼리 옷이 있어서 다행이었지. 아무 말도 하지 않을 수 있었으니까."

다음 날 아침 까마귀의 집에서 나오며 나는 우리가 다시는 만나지 못할 거라는 걸 알았다. 나는 그에게 나도 어릴 적 중화상창에 살았다는 얘기를 하지 않았다. 나는 반대편에 있는 평동에 살았다. 그 마술사 주위에 옹기종기 모여 마술을 구경하던 아이 중 하나가 나였다는 것도 말하지 않았다.

거리로 나오자 햇빛이 어른거리는 길 위에 코끼리 한 마리가 서 있었다. 커다란 몸이 회색으로 뒤덮여 있고, 꼬리를 움직이기만 해도 매력적이었다. 나는 어젯밤 잠들기 전 까마귀에게 그 후에 코끼리 옷을 다시 입은 적이 있느냐고 물었다.

그는 한 번도 입지 않았다고 했다.

조니 리버스

"그래서 기타를 계속 치겠다고?"

"그래. 훌륭한 기타리스트가 될 수 없다는 걸 알지만 그래도 계속 칠 거야. 평범한 악기처럼 보이지만 직접 쳐보면 아주 심오해. 기타리스트들마다 자기만의 독특한 '리프'가 있지. 내가 기타를 치는 것도 그 리프들을 다시 연주하고 싶어서야. 내 손을 통해 그 리프들을 조금씩 다르게 말할 수가 있으니까."

아쩌가 눈을 가늘게 뜨고 나를 쳐다보았다. 수염 자국이 빽빽하고 움푹 파인 그의 두 볼이 어떤 기타리스트를 닮았는지 생각나지 않았다. 아, U2의 메인 보컬 보노의 젊은 시절과 조금 닮은 것 같았다.

아쩌를 만난 건 조금 뜻밖이었다. 그를 다시 만날 수 있을 거라는 상상조차 한 적이 없었다. 우리는 그렇게 친하지 않았다. 어릴 적 아쩌에게 20대만달러를 빌려줬다가 받지 못해서 학교에서 치고받으며 싸운 일이 있었다. 싸운 뒤에 아쩌가 아침 자습 시간에 내 책상에 돈을 놓고 갔고, 그 후에는 초등학교 시절 내내 그와 거의 얘기를 나누지 않았다. 발 밟기 놀이를 할 때 아쩌가 끼면 내가 빠졌다. 술래잡기를 할 때도, 소프트볼을 할 때도 그랬다.

1년 전 나는 인생 최악의 슬럼프에 빠졌다. 이유 없이 하루에 3시간밖에 자지 못했다. 어느 시간에 자든 마찬가지였고 지치도록 달리기를 해봐도 소용이 없었다. 차라리 줄어든 수면 시간만큼 뭔가를 배우기로 했다. 퇴근 후에 '황금개미'라는 이름의 악기상에 가서 일렉트릭 기타 초급 강좌를 들었다. 대학 시절 꾸었던 꿈의 연장이기도 했다. 황금개미는 악기를 하는 사람들 사이에서 잘 알려진 오래된 악기상이었다. 예전에는 중화상창에 있었는데 그때 이름은 '메이성美聲'이었다.

나이를 먹을 만큼 먹어 학원에 다니기도 창피하고 수입도 제법 괜찮았기 때문에 수강료가 비싼 일대일 교습을 받기로 했다. 처음에는 아쩌를 알아보지 못했다. 예전에는 토실토실한 아이였는데 지금은 어릴 때 모습이 거의 남아 있지 않았다. 앞에서도 말했듯이, 보노를 따라 하고 싶었지만 안타깝게도 머리가 약간 벗겨진 보노가 되었다고나 할까. 교습 첫날 그가 유행이 한참 지난 벤처스의 〈트위스트 위드 더 벤처스Twist with the Ventures〉를 틀며 말했다.

"기초가 약간 있다면 이 곡부터 시작하죠."

"이 앨범 나도 있어요. 어렸을 때 콜롬비아에서 샀죠."

내 말에 그의 눈이 반짝였다. 내가 그를 알아보았고, 그도 나를 알아보았다.

나는 그 무더웠던 중화상창의 오후를 기억하고 있다. 차양이 펄럭이던 소리, 멜대를 메고 상가를 돌아다니던 더우화豆花• 장수, 미치광이처럼 울부짖던 기차를 기억하고 있다. 상가를 떠나기 전 몇 년 동안은 내가 기타 없인 살 수 없을 거라고 생각했다. 사람들이 기타를 배우는 데는 저마다의 이유가 있을 것이다. 나는 우리 옆집 안경점의 샤오란 누나 때문이었다. 그녀는 나보다 일고여덟 살 많았다. 내가 초등학교 5, 6학년이었을 때 그녀는 고등학생이었던 것 같다. 누나는 타이베이의 명문 고등학교에 다녔다. 두발 규정 때문에 머리를 길게 기를 수 없었지만 투명하리만치 하얀 피부가 아직도 생생하다. 누나의 얼굴은 거의 잊었지만 손으로 만지면 뚫릴 듯, 새벽 공기처럼 곱던 그런 피부는 다른 누구에게서도 본 적이 없다.

까막눈이었던 부모님은 샤오란 누나에게 나와 여동생의 공부를 봐달라고 부탁했다. 대신 엄마는 누나에게 밥을 차려주거나 누나네 집에 바나나, 수박 같은 과일을 가져다주곤 했

• 순두부를 차게 해서 여러 가지 재료를 넣어 먹는 간식.

다. 안경점을 하는 누나네 집은 가방을 파는 우리 집보다 훨씬 잘살아서 과일이 풍족했다. 게다가 과일 파는 노점상이 날마다 수레를 끌고 상가 전체를 돌아다녔기 때문에 과일은 전혀 귀한 물건이 아니었다. 나는 가난한 우리 집이 늘 창피했다.

샤오란 누나는 어릴 적부터 내게 잘해주었다. 집에 어린 애가 없어서 그랬을 것이다. 누나는 내게 차근차근 공부를 가르쳐주면서 자기도 나처럼 수학 머리는 없지만 문학과 음악에는 소질이 있다고 말했다. 가끔씩 누나는 자기가 요즘 읽고 있는 책을 읽어주며 받아쓰기를 시키기도 했다. 나는 그 공책을 대학에 진학하던 해까지 가지고 있다가 버렸다. 그중 한 단락은 아직도 기억하고 있다. 그것이 스콧 피츠제럴드의 《위대한 개츠비》 중 한 구절이라는 걸 나중에야 알았다.

> 철로가 꺾이면서 기차는 이제 태양에서 서서히 멀어져갔다. 태양이 점점 낮게 가라앉으며 그녀가 숨을 쉬던, 멀어져가는 도시 위에 축복을 내리듯이 빛을 뿌렸다.

상가의 세 번째 동 근처에도 철로가 꺾이는 곳이 있었다. 기차가 역으로 들어올 때나 이 도시를 떠날 때 지나는 구간이었다. 받아쓰기를 할 때 나는 누나의 입에서 나오는 모든 말이 차창 밖으로 지나가는 멀고 낯선 도시들처럼 내 귓가를 스쳐 지나가는 것을 똑똑히 느낄 수가 있었다. 그 느낌이 나를 강렬하게 끌어당겼다.

누나에게 이렇게 물었던 것을 기억하고 있다.

"무슨 책이야?"

누나가 대답했다.

"소설이야."

"그게 아니라 무슨 내용이냐고."

"방금 읽어줬잖아."

하지만 나는 그게 무슨 내용인지 알 수가 없었다. 누나는 학교에 다녀오면 앞코가 작고 둥근 단화와 하늘색 또는 아이보리색의 목 짧은 양말을 벗고 슬리퍼로 갈아 신었다. 누나가 가게 의자에 앉아 있으면 흉터 하나 없는 동그란 무릎이 보름달처럼 드러났다. 가끔 나는 누나가 있는 쪽을 멍하니 쳐다보다가 기차 소리에 정신이 들곤 했다.

샤오란과 아허우의 연애에 대해 상가의 이웃들은 모두 누나를 아까워했다. 아허우는 나팔바지를 즐겨 입고, 까무잡잡하고 마른 체구였으며, 어깻죽지를 불룩하게 추어올린 채 짝다리를 짚고 서서 담배를 피우는, 산치양복점에서 호객을 위해 고용한 점원이었다. 그의 얼굴에는 언제나 세상만사가 나와는 상관없다는 듯 심드렁한 표정이 걸려 있었다. 샤오란 같은 여고생이 아허우와 사귈 거라고는 아무도 예상하지 못했다. 하지만 사람들은 샤오란과 아허우에게서 점점 '미심쩍은 낌새'를 감지했다.

아허우는 껄렁껄렁해 보이긴 해도 중화상창 전체를 통틀어 호객 실적이 제일 좋은 점원이었다. 남자 고등학생들이 걸어가고 있으면 다가가서 "이런 셔츠를 입고서 어떻게 여자를 후려? 들어와봐. 들어와보라니까"라며 다짜고짜 어깨를 끌고 들어갔다. 순진한 고등학생들은 꿩처럼 저돌적인 호객에 저항하지 못하고 그에 손에 끌려 양복점으로 들어갔고, 그의 말에 대꾸 한마디 못 하고 자기도 모르게 학생용 바지 주문서에 이름을 적고는 울상이 되어 양복점을 나왔다. '아허우식' 호객 방법이 상가 전체로 빠르게 퍼졌다. 점포마다 점원들이 흑사회 건달들처럼 문 앞에 나와 서성거리고 고등학생들은 모두 '돌격 놀이'를 하듯이 중화상창을 지나갔다.

그런데 아허우는 기타를 치며 노래를 부르기 시작하면 완전히 다른 사람으로 변했다. 점포들은 대부분 밤 9시쯤 문을 닫았다. 9시가 넘어 손님이 줄어들면 사람들은 홍콩 드라마를 보거나 치러우에 앉아 노닥거렸다. 당시 상가의 점원들은 거의 지방에서 올라온 젊은이들이었고 점주의 집에서 더부살이를 했다. 네 평 남짓한 방에 대여섯 명이 복작대며 함께 살았는데 아허우도 마찬가지였다. 그는 9시가 넘으면 치러우에 앉아 기타를 쳤다. 그의 손가락이 기타 줄을 튕길 때마다 그의 온몸에서 생기가 넘치고 후광이 비추는 것 같았다. 그는 주로 제임스 테일러나, 캔자스의 노래를 불렀다. 캔자스의 〈더

스트 인 더 윈드Dust in the Wind〉를 처음 들은 것이 그에게서였다. 물론 그때는 그게 무슨 노래인지 몰랐고 나중에 레코드 가게에서 그 카세트테이프를 사고 난 뒤에야 아허우에 대한 나의 생각이 완전히 바뀌었다. 아허우의 음색은 정말 근사했고 빌어먹게 감미로웠다.

한번은 아허우가 양복점 앞에서 기타를 치고 있는데 안경점 안에 있던 샤오란 누나가 밖으로 나와 치러우에 앉았다. 그녀의 시선은 안경점 안쪽을 향하고 있었지만 몇 초마다 한 번씩 아허우가 있는 쪽을 흘끔거렸다. 나는 별안간 밀려난 기분이 들었다. 열한 살짜리 소년은 열아홉 살 남자와 경쟁할 수 없었다. 굴욕감이 나를 덮쳤다. 결코 해결될 수 없는 굴욕감이었다. 적어도 그 나이의 나는 그걸 어떻게 해결해야 할지 알지 못했다.

샤오란 누나네는 상가 이웃들 중에 제일 먼저 부자가 된 집이었다. 그 무렵 거의 모든 중학생들이 안경을 끼기 시작했고, 샤오란 누나네는 우리 동에서 제일 오래된, 또 유일한 안경점이었으므로 장사가 아주 잘됐다. 우리 집은 여섯 식구가 작은 다락방에서 살 때 누나네는 벌써 중산탕中山堂 근처에 따로 집이 있었다. 누나네 아빠는 안경점 문을 닫으면 여종업원과 검안사 아밍을 데리고 집으로 갔다. 나는 누나네 안경점이 몹시 부러웠다. 검안 의자가 있기 때문이었다. 검안 의자 위에 달려 있는 각종 기기들이 멋져 보였다. 그래서 나는 그 의자가 로봇이나 비행기의 조종석이 된 상상을 하곤 했다. 샤오란 누나의 엄마는 병으로 일찍 세상을 떠나고 누나의 아빠는 나중에 젊은 시골 처녀와 결혼을 했지만 역시 누나가 열 살쯤 되었을 때 죽었다고 했다. 계모는 아이를 낳지 않았다. 샤오란 누나의 아빠는 자기 팔자에는 딸 하나밖에 없다는 육교 위 점쟁이의 말을 믿고 아들을 낳으려고 애쓰지 않았다. 누나네 아빠는 젊었을 때 흑사회 건달이었던 것 같았다. 팔자걸음에 기백이 넘쳐 사람들은 그를 '무태장어'라고 불렀다.

무태장어는 샤오란과 아허우의 '문제'를 마뜩잖게 여겼다. 아허우가 기타를 들고 나오면 딸보다 한발 먼저 밖으로 나와 의자를 가져다 놓고 앉아서 아허우를 쳐다보았다. 그러면 아허우는 철로를 등지고 앉아서 기타를 쳤다. 기차 소리 외에는 아무것도 자기 기타 소리를 막을 수 없다는 걸 알고 있었기 때문이다. 나중에 무태장어는 안경점에 에어컨을 달고 상가에서 유일하게 자동문도 설치했다. 나는 일부러 자동문 안에서 아허우의 기타 소리가 들리는지 확인해보았다. 소리가 조금 작기는 해도 들을 수는 있었다. 작아진 기타 소리가 도리어 가슴을 더 후벼 파는 것 같았다.

무태장어는 샤오란을 지킬 수 없었다. 특히 저녁마다 이웃과 장기를 두고 술을 마셨기 때문에 가게 문을 닫을 때쯤에는 이미 술이 거나하게 취해 있었다. 그 짧은 기간 동안 나는 아허우와 샤오란이 여자 변소 옆 계단에서 얘기를 나누고 있는 것을 자주 보았다. 무태장어도 샤오란이 화장실에 가는 건 막을 수가 없었다. 상가에서 변소가 있는 집은 하나도 없었고 그의 가게도 예외가 아니었다. 샤오란이 산치양복점을 흘긋 쳐다보며 여자 변소 쪽으로 가면 아허우가 다른 쪽 남자 변소로 가는 척하다가 반대 방향으로 한 바퀴 빙 돌아가서 샤오란을 만났다. 나는 그 두 사람이 할 얘기가 뭐가 그렇게 많은지 이해할 수 없었다. 곧 세상이 멸망하는 것도 아닌데 말이다.

나는 어려서부터 자주 다치는 아이였다. 멀쩡히 상가 계단을 걸어 내려오다가 제풀에 넘어져 구르질 않나, 다른 아이들은 낮은 울타리를 훌쩍 뛰어넘어 1층 간판 위로 사뿐히 착지하는데 나는 툭하면 울타리에 발이 걸려 넘어져서 이가 부러지기도 했다. 집에 있는 좀약을 삼키는 바람에 병원에 실려가 위세척을 한 적도 있다. 그 때문에 지금도 얼굴색이 거무튀튀하다. 그런데도 아빠는 내게 열심히 뛰어다니라고 했다. 사내는 그래야 튼튼하게 잘 큰다는 게 아빠의 지론이었다. 반대로 엄마는 나를 엄마의 시야 안에 묶어두고 싶어 했지만 아빠가 엄마보다 강했기 때문에 어쩔 수 없이 나를 풀어놓고 불안하게 가슴을 졸였다.

아허우가 비번인 날 샤오란 누나가 학교도 가지 않고 그와 놀러 가는 것을 보고 두 사람의 뒤를 밟은 적이 여러 번 있다. 두 사람은 상가의 4동과 5동 사이 육교에서 만나 이곳저곳을 구경했다. 육교에서 기차라도 나타날 것처럼 말이다. 그런 다음 맞은편에 있는 '야러우벤'에 가서 국수를 먹었다. 둘은 쉬지 않고 얘기를 나누었고 샤오란의 얼굴에서 해사한 미소가 떠날 줄 몰랐다. 아허우가 얘기를 하면 누나는 한 글자도 놓치기 싫은 듯 고개를 옆으로 돌려 열심히 들었다. 나이는 어렸지만 그때부터 나는 가슴 아픈 감정이 무엇인지 알 것 같았다. 치과 진료를 받을 때나 수학 시간에 느끼는 고통과는 달랐다. 나는 아직도 그 비현실적인 고통을 정확히 형용할 수 있는 말을 찾지 못했다.

한번은 둘이 우창제武昌街를 따라가다가 영화관으로 들어갔다. 나는 돈이 없어서 들어가지 못하고 맞은편 작은 골목에 쪼그리고 앉아 두 사람이 나오길 기다렸다. 내 마음이 골목 담장 옆 이끼가 잔득 낀 하수로만큼이나 꾀죄죄한 것 같았다. 하지만 샤오란이 나오자 다시 생기가 돌았다. 멀리서 누나의 얼굴을 보며 다시 버틸 힘을 찾았다. 그 옆에 빌어먹을 기타를 메고 히피족 행세를 하고 다니는, 젠장맞을 아허우만 없다면 그림자처럼 세상 끝까지라도 누나를 따라갈 수 있을 것 같았다.

그날 늦게 집에 들어왔지만 아빠에게 매를 맞지 않았다. 아빠는 방임형 교육법을 고집했다. 엄마는 매질 대신 눈물콧물을 흘리며 통곡해 내게 죄책감을 안겨주었다. 하지만 나는 그때 이미 엄마의 감정에 개의치 않는 훈련을 하고 있었다.

얼마 후 나는 스파이처럼 두 사람을 미행하는 일을 그만두었다. 아허우가 내게 기타를 가르쳐주기 시작했기 때문이다. 그가 기타를 칠 때마다 뚫어져라 쳐다보는 나를 보고 내가 기타에 매료되었다고 생각했던 것 같다. 한번은 산치양복점 앞을 지나는데 그가 기타를 들어 보이며 물었다.

"꼬맹아, 배워볼래?"

공짜로 가르쳐준 건 아니었다. 그는 내게 기타를 가르쳐주는 대신 자기에게 글을 가르쳐달라고 했다. 초등학교만 졸업하고 타이베이로 올라온 그는 아는 글자가 몇 자 없었기 때문이다. 글자를 많이 알아야 군대 가서 샤오란에게 편지를 쓸 수 있다고 했다. 아허우는 글은 읽을 줄 몰라도 악보는 읽을 줄 알았다. 그는 C 메이저, C 마이너. C 세븐, C 오그멘트 같은 코드부터 가르쳐주었다. 내 손이 작고 아파서 진도가 느렸다. 며칠 후 그가 어디서 구했는지 인쇄된 6선 악보를 구해왔다. 그에 대한 미움은 여전했지만, 예전처럼 그를 미워할 수가 없다는 걸 인정하지 않을 수 없었다.

1년 뒤 아허우가 입대했다. 그때는 군대에 가는 것이 제법 큰일이었다. 하루 전날 저녁 상가에서 나팔바지를 입은 청년들은 모두 그를 찾아와 술을 한 잔씩 따라주었고, 한쪽에 의안을 낀 산치양복점 주인아저씨는 용돈을 찔러주었다. 샤오란은 편지와 직접 짠 목도리를 말없이 건넸다. 무태장어가 그걸 보았지만 아무 말도 하지 않았다. 아허우가 또 기타를 꺼내 노래를 불렀다. 제임스 테일러의 〈파이어 앤드 레인Fire and Rain〉이었다. 내가 '파이어 앤드 레인'이 무슨 뜻이냐고 묻자 누나는 '불과 비'라는 뜻이라고 했다. 그때의 나는 불과 비가 어떻게 노래가 될 수 있는지 이해할 수 없었다.

사실 나도 하루 전 돼지 저금통에 구멍을 뚫어 빼낸 돈을 가지고 메이성으로 달려가 아허우에게 줄 피크를 샀다. 그런데 그도 내게 줄 선물을 준비했을 줄은 몰랐다. 2층에 있는 내 친구 혀 짧은 애네 헌책방에서 산 중고 레코드판이었다. 우리 집에 턴테이블이 없다고 하자 콜롬비아에 가서 주인아저씨에게 틀어달라고 하면 된다고 했다.

그가 말했다.

"이건 일렉트릭 기타 음악이야."

"일렉트릭 기타 알아. 메이성에 걸려 있는 반짝이는 그 빨간 기타잖아. 이건 누구 음반이야?"

"조니 리버스."

아허우가 군대에 간 후 샤오란 누나가 아침에 우편배달부에게 편지를 주는 걸 종종 목격했다. 그때 상가 5동 뒤에 우체통이 있었지만 누나는 우체통에 편지를 넣었다가 젖거나 분실될까 봐 걱정했던 모양이다. 당시 우편배달부는 스쿠터를 타고 빠르게 달리며 표창을 날리듯 편지를 각 점포에 던져

넣고 지나갔다. 우편배달부가 멈추는 건 가끔씩 등기 편지가 있을 때뿐이었다. 그래서 시간을 잘 계산해야만 가게 앞에서 정확하게 표창을 받듯이 우편배달부가 던지는 편지를 받을 수 있었다.

하교 후 치러우에 놓은 탁자에 앉아 숙제를 하며 안경점 유리문 안을 들여다보면 샤오란 누나가 보름달같이 둥근 무릎을 내놓고 의자에 앉아 아허우의 편지를 읽고 있는 것을 볼 수 있었다. 유치한 편지였을 것이다. 아허우가 아는 글자가 몇 안 되는 데다가 그마저도 모두 내가 가르쳐준 것이라는 사실을 아는 사람은 나밖에 없었다. 글도 잘 모르는 사람이 영어 노래를 부를 줄 누가 상상이나 할까? 하지만 그 편지를 읽던 샤오란 누나의 표정을 몇 년 뒤까지도 잊을 수가 없었다. 그녀는 손에 들고 있는 것이 편지가 아니라 종교의 경전이나 거울이라도 되는 것처럼 뚫어져라 쳐다보았다. 만약 그게 거울이라면 그 거울 속엔 사랑 때문에 괴로워하는 열여덟 살의 아름다운 죄수가 있었을 것이다.

하지만 반년 뒤 나는 샤오란 누나가 아허우의 편지를 읽는 걸 더 이상 볼 수 없었다. 누나는 그 대신 다른 사람의 편지를 읽으며 꽃을 들여다보았다. 그게 다른 사람의 편지라는 걸 내가 어떻게 알았을까? 아허우에게 편지 봉투를 사다준 사람이 바로 나였기 때문이다. 나는 한참 동안 누나를 관찰했다. 꽃을 보낸 사람이 누군지 궁금했지만 아무것도 알아낼 수가 없었다. 하지만 대부분의 꽃이 샤오란 누나에게 전해지지 못하고 무태장어에 의해 버려진다는 건 알고 있었다. 당시에는 꽃을 선물하는 일이 아주 드물었다. 꽃은 아주 비싼 데다가 쓸모도 없으므로 꽃을 선물하는 건 어리석은 일이라는 인식이 있었다. 하지만 그렇기 때문에 꽃 선물은 더 특별했다. 우리가 특별하다고 여기는 일들 중에 사실은 어리석은 일들이 종종 있다. 하지만 그 나이 때 나는 그 어리석은 일이 한 여자의 감정에 어떤 영향력을 미치는지 전혀 모르고 있었다. 언젠가부터 상가의 처마와 전깃줄에서 참새들이 자취를 감춘 이유를 모르는 것처럼 말이다.

내가 학교에 있는 시간에는 샤오란 누나를 감시할 수 없다는 사실이 나를 좌절하게 했다. 나의 마지막 미행이 있었던 여름방학 전 일주일을 잊을 수가 없다. 망할 놈의 기말고사 기간이었다.

휴가를 나온 아허우가 내게 50대만달러를 주며 샤오란을 대신 미행해달라고 했다. 누나가 어딜 가는지, 새 남자 친구가 생겼는지 알아봐달라고 했다. 그는 내가 예전에 자신과 누나를 미행했다는 걸 알고 있었다. 번번이 그에게 들키기는 했지만 내 동작이 빠르다는 건 그도 인정했다. 나는 내 인생에서 첫 번째 탐정 사건을 의뢰받았다. 한동안은 성공하지 못했다. 누나가 나가는 걸 보았지만 내가 나갈 수 없거나 겨우 집에서 빠져나왔지만 누나가 데이트하러 가는 게 아니라 잠깐

길 건너에 뭘 사러 나간 것이었다. 그러던 어느 날 누나가 철로와 차도를 건너 우창제 옆에 있는 스쯔린 빌딩으로 들어가는 것을 미행하는 데 성공했다. 거기에서 마침내 편지와 꽃을 보낸 사람을 볼 수 있었다. 지금은 그의 생김새를 잊어버렸지만 그 순간 느꼈던 절망감은 또렷하게 기억하고 있다.

집으로 돌아오는 길에 육교를 건너는데 마술사가 가장자리에 앉아 담배를 피우고 있었다. 철로 위를 가로지르는 육교의 계단을(그 구간은 고압 전선을 피하기 위해 육교의 높이가 아주 높았던 걸 기억하는가?) 올라가는데 바지가 꽉 끼었다. 그때 엄마는 내 바지가 도저히 입을 수 없을 만큼 작아져야만 새 바지를 사주었다. 바지가 끼어 불편하다는 생각을 하며 걷고 있는데 마술사가 내게 고개도 돌리지 않고 불쑥 말을 던졌다.

"바지가 너무 낀다. 엄마한테 새로 사달라고 해. 안 그러면 고추가 안 커."

"독심술을 믿어?"

"난 믿어. 적어도 남들보다 예민해서 남들의 작은 동작만 보고도 속마음을 알 수 있는 사람들이 있어. FBI 요원들은 다리 움직이는 것만 보고도 거짓말인지 아닌지 알 수 있다던걸?"

"어릴 땐 그런 건 모르고 마술사의 눈빛을 보면 왠지 불안했어. 그가 다른 방향을 보면서도 내가 무슨 생각을 하고 있는지 훤히 들여다보는 것 같달까."

"와, 나도 알아. 나도 한동안 그런 느낌이 들었어."

"도마뱀 같았지."

"맞아. 정말 도마뱀 같았어."

"그가 다음에 어떻게 했는지 알아?"

"어떻게 했는데?"

"내 옆으로 와서 손을 뻗더니 내가 샤오란에게 주려고 쓴 연애편지를 내 바지 주머니에 쿡 찔러 넣었어. 원래 내 뒷주머니에 꽂혀 있던 편지야. 육교를 올라오기 전까지만 해도 꽉 끼는 반바지 뒷주머니에 편지가 있다는 느낌이 있었어. 어느새 그걸 빼갔는지. 그가 다른 곳을 보면서 내게 말했어. '그냥 장난 친 거야. 한 글자도 안 봤다.'"

"아허우가 샤오란을 미행하라고 시켰다며? 그런데 네가 연애편지를 주려고 했다는 거야?"

"응."

"이 자식."

"하지만 마술사한테 들켜버렸지."

"와! 그걸 어떻게 알았지? 마술사가 또 뭐라고 했어?"

"별말 안 했어. 그냥 일어나서 철로를 내려다보면서 담배를 피웠어. 막 역에서 출발해 달려오는 기차를 보면서 이렇게 말하더라. '어쩔 수 없어. 어쨌든 기차는 여기에서 구부러져야 해.'"

며칠 뒤 휴가 나온 아허우가 우리 집으로 나를 찾아왔다. 코드 연습을 열심히 했느냐고 물어보고 내 손끝에 굳은살이 박였는지 살펴보더니 그제야 샤오란 누나를 미행한 결과를 물었다. 나는 미행 과정을 얘기해주며 내가 알아낸 정보를 자신 있게 말해주었다. 상대는 중문과 대학생이고 키가 크고 살결이 희다고 말이다. 그리고 한마디 덧붙였다.

"그 남자가 형보다 편지를 훨씬 잘 쓸 거야. 형이 아는 글자는 다 내가 가르쳐준 건데 나도 글자를 많이 알지 못하거든. 그러니까 아는 글자만 따져도 우리가 졌어."

상가의 치러우는 이야기와 소문으로 가득 차고 남의 은밀한 일이 공개되는 기묘한 공간이다. 그곳에서는 이웃들이 나누는 갖가지 이야기와 온갖 소식을 다 들을 수 있다. 처음에는 귓속말처럼 속삭이지만 기차가 가까이 다가오면 사람들이 목청을 높였다가 기차가 지나간 후에도 목소리를 낮추는 걸 잊어버린다. 모든 비밀은 그렇게 공개된다.

샤오란 누나에게 새 남자 친구가 생겼다는 소식은 내가 굳이 염탐할 필요 없이 저녁에 치러우에 의자를 놓고 앉아 있기만 해도 다 알 수 있었다. 하지만 상가 사람들 중에 나처럼 직접 본 사람은 한 명도 없었다. 나만 직접 보았으므로 이건 나의 독점 정보라고 자부할 수 있었다.

그날 아허우는 샤오란을 만날 수가 없었다. 무태장어가 안경점 문 앞에서 떡 버티고 있기도 했고, 샤오란이 변소에 가는 걸 본 아허우가 다른 쪽으로 빙 돌아가서 그녀를 만나려고 했지만 샤오란이 그를 보고는 반대 방향으로 걸음을 틀어 집으로 가버렸기 때문이다. 두 사람이 술래잡기를 하는 것 같았다. 샤오란이 얼굴이 창백해질 만큼 참으면서도 변소에 가지 않는 황당한 광경을 보고 아허우가 끝장났다는 걸 직감했다. 몇 년이 흐른 뒤에도 샤오란이 아허우를 외면하고 안경점으로 돌아갈 때의 그 뭔가를 잃어버린 듯한 표정을 잊을 수가 없었다. 새로운 사랑의 희열에 겨운 표정은 결코 아니었다.

그날 아허우가 부대로 복귀하려고 타이베이 역으로 가고 있을 때 나는 상가 1층에서 육교 위에 있는 아허우를 쳐다보았다. 너무 멀어서 작은 점처럼 보였지만 이상하게도 열한 살의 내가 그 작은 점에서 흘러나오는 고통을 분명히 느낄 수 있었다.

내가 콜롬비아 레코드 가게에 자주 가기 시작한 것이 바로 그 무렵이었을 것이다. 비록 돈이 없어서 주로 구경만 했고 겨우 돈을 모아도 웸과 톰 웨이츠의 노래가 함께 들어 있는 요상한 카세트테이프밖에는 살 수 없었지만, 레코드판 재킷과 종업원이 레코드판을 턴테이블에 끼우고 바늘을 판 위에 올리는 순간을 구경하는 것이 좋았다. 바늘이 안정적인 듯 불안한 듯 레코드판 위에서 미끄러지면, 알 수 없는 이상한 원리를 통해 레코드판 안에 담겨 있던 소리가 밖으로 흘러나왔다. 레코드 가게는 공간이 협소해 레코드판들을 가로로 쌓아놓았기 때문에 뭘 찾으려면 한 장 한 장 모두 들어 올려 확인해야 했다. 내게는 그게 켜켜이 쌓여 있는 비밀들처럼 보였다. 하루는 아허우가 준 레코드판을 가져가서 콜롬비아의 종업원에게 틀어달라고 했다. 종업원에게 어느 가수의 노래인지 아느냐고 묻자 그가 전주만 듣고 대답했다.

"드라마 비밀첩보원의 주제곡이잖아."

"맞아요. 조니 리버스의 노래예요."

시간이 얼마나 흐른 뒤였는지는 확실하지 않다. 봄이 막 지나고 상가에 다시 무더위가 찾아올 무렵이었으니까 아마도 청명절과 단오절의 사이였을 것이다. 점포들이 오후의 강렬한 햇볕을 가리기 위해 문 앞에 천을 드리우고 철로 쪽 시멘트벽에다가 묶어놓은 장면이 내 뇌리 속에 새겨져 있다. 바람이 세게 불어 천이 일제히 펄럭이면 상가 전체가 날아갈 듯 보였다. 나는 중학교 생활에 대한 불안감을 안고 초등학교의 마지막 학기를 다니고 있었다.

그날 학교에서 돌아오는 길에 육교의 맨 위 계단에 올라섰을 때 큰일이 났다는 것을 알았다. 상가의 이웃들이 전부 밖으로 나와 치러우에서 회의를 하고 있는 것 같았다. 왁자하게 큰소리로 떠들고 있는 모습이 멀리서 보아도 무척 혼란스러웠다. 나는 이웃의 이웃으로부터 건너 건너 전해진 소문을 들었고 그 후 신문을 보고 어떻게 된 일인지 알았다.

샤오란이 죽고, 아허우도 죽었다. 샤오란 누나의 몸에서 0~2개의 총알 구멍이 발견되었다. 군대에서 쓰는 M14 소총의 탄알 자국이었다. 아허우의 죽음은 복잡했다. 그의 몸에서도 총알 구멍이 0~1개 발견되었지만 직접적인 사인은 유독 가스로 인한 질식인 것 같았다. 샤오란의 집에 불이 났다고 했다.

신문에서는 그 사건을 이렇게 얘기했다.

어젯밤 시먼딩의 한 민가에서 남녀 한 쌍이 욕실에서 숨진 채로 발견되었다. 두 사람의 몸에서 뚜렷한 외상은 발견되지 않았다. 경찰은 두 사람이 연탄을 피워 자살하려다가 화재가 발생했고, 두 사람이 뒤늦게 마음을 바꾸어 욕실로 피했으나 유독 가스에 질식해 사망한 것으로 추정하고 있다. 사망자 중 남성 A씨는 현역 군인으로 부대 내에서 M14 소총을 훔쳐서 나왔으며 소총은 현장에서 발견되었다. 현재 군과 경찰 당국이 소총 분실에 대한 책임 소재를 밝히고 있다.

하지만 이웃들은 이렇게 얘기했다.

아허우가 총을 들고 담판을 지으러 샤오란을 찾아갔다가 홧김에 총을 쏘았다. 아허우는 자기도 총으로 자살하려고 했지만 총신이 길어 자신을 제대로 쏠 수가 없었다. 어찌어찌해서 방아쇠를 눌러 총을 쏘기는 했지만 급소를 맞히지 못하자 불을 질러 자살했다. 무태장어는 전날 밤 술에 취해 철물점 정씨네 집에서 곯아 떨어지는 바람에 집에 없었다.

물론 이 소문도 사실을 입증해줄 사람은 없었다.

나는 당시 상가 전체가 얼마나 큰 충격과 비통에 휩싸였는지, 무태장어가 어떻게 반응했는지에 대해 다시 말하고 싶지는 않다. 그 일이 있은 후 장례식에서 누가 무태장어를 잠깐 보았는데 그가 말도 못하게 야위었더라고 했다. 그 후 석 달 동안 상가 사람들은 큰 소리로 떠들거나 웃지 못했고 장사할 의욕도 잃었다. 무태장어는 세상에서 완전히 사라진듯 장기로도 술로도 그를 집 밖으로 불러낼 수 없었다. 안경점에서 일하는 그의 친척과 종업원들은 모두 그에 대해 얘기하기를 거부했고 이웃들도 감히 묻지 못했다. 무태장어도 그 일과 함께 영영 떠나버린 것처럼 상가에서 사라졌다.

그 사건이 남긴 제일 큰 수수께끼는 어떻게 아허우가 그렇게 긴 M14 소총을 들키지 않고 밖으로 가지고 나왔는가 하는 문제였다. 신문 기사에서든 상가의 소문에서든 아허우가 총을 가지고 나왔다고 했다.

몇 년 뒤 나는 아허우가 그의 기타와 기타 가방을 부대로 가지고 갔던 것이 아닐까 추측했다. 그날 부대에서 나올 때 그의 기타 가방 안에 기타가 아닌 총이 들어 있었던 걸까? 책임감 없는 병기계원과 아허우가 서로 친해서 그가 기타를 메고 밖으로 나가는 걸 눈감아준, 운 나쁜 위병만 있다면 가능한 일이다. 다만 병기계원과 위병이 그 일로 중형을 판결받을 만큼 지지리도 운이 없었는지는 나도 잘 모르겠다.

그러던 어느 날 무태장어가 나타났다. 놀랍게도 그는 소문처럼 피골이 상접하게 야윈 것이 아니라 술배가 두둑하게 나오고 얼굴 밑에 이중턱이 묵직하게 잡혀 있었다. 그는 아무 일도 없었다는 듯이 아쩌의 집에서도 팔았던 그 조리를 신고 파닥거리며 예전처럼 안경점 안을 돌아다녔다. 다른 게 있다면 하루 종일 한마디도 하지 않는다는 것뿐이었다.

저녁이 되자 장기를 좋아하는 철물점 정씨 아저씨와 청바지 가게 아허, 우리 아빠가 아무 일 없었다는 듯 무태장어를 불러 장기를 두었다. 그들은 2층 잡화점에서 사온 미주米酒•를 마시고 진정제일가양춘면에서 사온 양춘면에 매실주를 마셨다. 상가의 아저씨들이 그렇게 조용히 장기를 두는 걸 본 적이 없었다. 누구도 웃고 떠들지 않았고 농을 던지며 놀리지도 않았다. 장기를 두러 온 사람들이 아니라 상갓집에 모인 사람들 같았다.

우리 아빠와 장기를 두고 있던 무태장어가 허점을 발견했는지 잽싸게 차를 들어 딱 소리가 나게 장기판을 내리치며

• 쌀로 만든 증류주.

외쳤다.

"장군!"

상가의 모든 사람이 그 힘찬 소리를 들었다. 그리고 1초 뒤 엉거주춤 앉아 있던 무태장어의 둔중한 체구가 내 눈앞에서 의자와 함께 퍽 고꾸라졌다. 그는 다시 깨어나지 못했다.

"그해 여름 나는 한두 푼씩 모은 돈으로 드디어 첫 번째 기타를 샀어. 메이성 악기점의 차이 아저씨에게 샀지. 빨간색 아치톱 기타였는데 소리가 끝내줬어."

아쩌가 손으로 기타 줄을 쓸며 말했다.

"기타가 없었으면 나는 상가의 여름을 견딜 수 없었을 거야. 더워 죽고도 남았지."

나는 아쩌를 보며 한 달 후 내가 그 기타 교습을 그만두게 될 것 같다는 생각을 했다. 우리가 싸웠던 일을 아쩌가 아직 기억하는지는 모르겠지만 내가 그해 여름을 어떻게 보냈는지 기억하려 할 때마다 항상 똑같은 장면이 떠올랐다. 우리가 육교 위에 서 있고 그 밑에서 기차가 강물처럼 구부러졌다. 도시로 들어오는 기차든 도시에서 나가는 기차든 두 눈으로 좇다 보면 그저 하나의 궤도가 우리에게서 멀어져가는 광경일 뿐이었다.

금붕어

나는 반평생 동안 내 머릿속의 잡동사니 같은 생각을 떨쳐내지 못하고 끌려다녔다. 그 때문에 나는 어릴 적 항상 우울한 아이였고 나이가 들어서는 우울한 어른이 되었다. 우울한 아이는 남들에게 환영받지 못할 뿐이지만, 우울한 어른은 타인까지 우울하게 만든다. 솔직히 말해서 나는 이제 앞으로 나의 인생이 어떤 모습일지 그다지 관심이 없다. 그래서 생활이든 기억이든 모두 최대한 비우려고 노력한다.

하지만 내 인생이 몇 개의 방으로 이루어져 있다면, 그 방들을 아무리 말끔히 비우려 해도 절대로 치워지지 않는 것이 있다. 바로 테레사다.

어릴 적 상가에 사는 대부분의 남자아이들에게 테레사는 범접할 수 없는 존재였다. 말하자면 아무리 까치발을 해도 손에 닿을 수 없는, 하늘에 뜬 별 같은 존재였다. 그런데 한때 테레사가 내가 손만 뻗으면 닿을 수 있는 곳에 있었던 적이 있었다. 테레사라는 특별한 이름은 음악선생님이 지어준 것이다. 선생님은 음악실 자리마다 각각 영어 이름을 붙여놓고 그 자리에 앉는 아이를 그 이름으로 불렀다.

테레사는 키가 컸다. 우리 반 남자아이들 중 테레사보다 키가 큰 아이가 딱 하나 있었다. 바로 나다. 테레사는 눈동자가 둥글고 초롱초롱 빛났으며 길고 검은 머리카락을 가지고 있었다. 어깨는 좁고 가녀린데 다리는 놀랄 만큼 길어서 체육복 반바지를 입은 뒷모습을 보면 초등학생이라는 걸 믿을 수 없을 정도였다. 어쨌든 모든 아이들이 조무래기였을 때 이미 테레사에게는 그 나이에 허락되지 않은 매력이 있었다.

하지만 당시 남자아이들은 어떻게 된 영문인지 전혀 알지 못했다. 그저 자신이 어떤 힘에 이끌려 자꾸만 테레사에게 짓궂은 장난을 치고 싶고, 또 다른 아이들이 테레사에게 장난치는 걸 흥미진진하게 구경하고 싶다고 느낄 뿐이었다. 마치 테레사의 몸에 용서받지 못할 무언가가 있는 것처럼 말이다. 조무래기들은 테레사를 빙 둘러싼 채 그녀를 웃기려 했지만 마지막에는 언제나 테레사가 울음을 터뜨리며 끝이 났다.

게다가 자타 공인 장난꾸러기 남자애들만 그러는 게 아니라 공부 잘하고 규칙도 잘 지키는 모범생 남자애들도 공모에 가담했다. 예를 들면 체육 시간에 피구를 할 때 일부러 테레사를 집중적으로 공격하는 바람에 테레사는 언제나 제일 먼저 아웃 당하곤 했다. 그러고 나서는 또 일부러 공을 받기 쉽게 던져서 테레사가 다시 들어올 기회를 주었다. 테레사가 들어오자마자 또다시 일부러 테레사에게만 공을 던졌지만 말이다. 체육 수업이었기 때문에 테레사도 너희들과 놀지 않겠다며 토라져서 가버리지 못하고 울상을 지으며 어쩔 수 없이 피구를 계속했다. 테레사가 울상을 짓고 있으면 남자아이들끼리 속닥거렸는데, 울상 짓는 테레사를 보는 건 왠지 모르게 짠하면서도 기묘한 쾌감이 있었다. 집게 하나가 가슴을 꽉 쥐고 있는 것 같았다.

아마도 그때 남자아이들 모두 변덕스러운 병에 걸려 있었던 것 같다. 다른 남자아이들과 같이 있을 때는 똘똘 뭉쳐서 테레사를 괴롭혔지만 혼자 있을 때는 지우개나 클립, 연필 같은 것들을 테레사의 책상 위나 서랍 속에 놓아두곤 했다. 남자아이들의 짓궂은 장난이 계속되자 테레사는 봄이 왔는데도 우리 안에 갇혀 있는 청둥오리처럼 항상 초조하고 불안했다.

나도 테레사를 골탕 먹이는 아이들 중 하나였다. 청소 시간에 일부러 먼지를 테레사 쪽으로 마구 쓸고, 점심을 먹다가 밥풀을 테레사 쪽으로 튕겼다. 시험지를 돌릴 때 일부러 테레사를 건너뛴다거나 코딱지를 그녀의 의자에 묻혀놓는다거나 하는 일도 다반사였다. 하지만 수업 시간에는 나도 모르게 테레사 쪽으로 시선이 돌아갔다. 나는 테레사가 나를 싫어한다는 걸 직감으로 알 수 있었다. 나를 향한 그녀의 미움이 내 마음속에 끝이 보이지 않는 깊은 구멍을 만들었다. 그때는 나도 그녀를 싫어하고 있다고 생각했다.

그러던 중 나와 테레사의 관계를 변화시키는 사건이 발생했다.

그때는 매년 쌍십절•이 되면 군사 퍼레이드와 불꽃놀이, 축제 등 각종 행사를 했다. 군사 퍼레이드는 중화상창에 사는 모든 아이들이 가장 기다리는 큰 행사였다. 중화상창과 디이백화점 사이에 있는 중화루가 퍼레이드 행렬이 반드시 지나가는 길목이었기 때문이다. 게다가 퍼레이드 행렬이 멈추어 서서 행진 속도를 조절하는 곳이 바로 이 중화루였다. 이곳을 지나면 전방 행렬이 총통부로 접어들어 사령대를 향해 경례를 해야 하기 때문에 행렬 전체의 속도를 늦추어야 했다. 쌍십절이 되기 몇 주 전부터 퍼레이드에 참여하는 군대와 단체들이 행진 노선을 따라 반복해서 예행연습을 했다. 워낙 대규모 행렬이었기 때문에 보통 심야에 연습을 했다. 한번은 밤중에 자다 오줌이 마려워 일어났다가 무심코 창밖을 보니 탱크와 물오리라고 불리는 장갑차, 군용차 수십 대가 중화루에 소리 없이 멈추어 서 있는 것이 보였다. 군인 몇 명이 차들의 거리와

• 대만의 건국기념일. 10월 10일이기 때문에 쌍십절이라고도 부른다.

위치를 살펴본 뒤에 바닥에 페인트로 붉은 점을 하나씩 찍었다. 그 깊은 밤의 풍경이 약간 비현실적으로 느껴질 만큼 조용했다. 나는 창밖 풍경에 정신을 빼앗긴 채 멍하니 서서 쳐다보았다. 그러다 갑자기 누군가 알아들을 수 없는 구령을 외치자 탱크와 군용차 들이 다시 움직이기 시작했다. 창밖이 우르릉 우르릉 진동했다.

어린 마음에도 희푸른 달빛과 가로등 불빛을 받으며 눈앞으로 지나가고 있는 군대 행렬이 차갑고 위험하게 느껴졌다.

정식으로 퍼레이드가 열리는 날 타이베이 시의 거의 모든 고등학생이 총통부 광장에 모여 매스 게임을 하며 글씨를 만들었다. 고등학생들은 우스꽝스럽기 짝이 없는 양산 모자를 쓰고 광장에서 몇 시간 동안 서 있었다. 하지만 초등학생인 우리들은 그저 저녁에 열리는 쌍십절 행사에 관중으로 동원될 뿐이었다. 그해 쌍십절 행사는 체대 체육관에서 열렸다. 당시 나에게 체대 체육관은 아주 먼 곳이었다. 친구들 몇 명과 함께 버스를 타고 갔다. 그러지 않았다면 아마 평생을 헤매도 찾아가지 못했을 것이다.

체육관에 들어서자마자 건물의 어마어마한 규모에 입이 벌어졌다. 행사는 서커스, 노래, 토크쇼, 마술 등으로 구성되었다. 친구들은 모두 한 해에 한 번씩 찾아오는 쌍십절을 이렇게 마무리하는 것에 만족해했다. 평소에 쐬기 힘든 에어컨 바람이 불자 나는 솔솔 잠이 오기 시작했다. 하지만 불행하게도 선생님에게 들켜 맨 뒤에 가서 10분 동안 벌을 서야 했다. 소동이 시작된 것이 아마 그때쯤이었을 것이다.

테레사와 몇몇 여자 아이들이 화장실에 다녀오는데 남자애들 몇 명이 테레사를 가리키며 쑤군거렸다. 아이들의 목소리가 들리기는 했지만 거리가 멀어서 뭐라고 하는지 잘 들리지 않았다. 10분이 지나자마자 잽싸게 단짝 친구 아하오 옆으로 가서 무슨 일이냐고 물었다.

아하오가 신기하다는 듯 말했다.

"테레사가 피가 났대."

"피가? 왜?"

"몰라. 테레사 바지에 피가 묻은 걸 누가 봤대."

테레사가 있는 쪽을 쳐다보니 여자애들 몇 명이 겁이 나서 수군거리고 있고 테레사는 하얗게 질린 얼굴로 어쩔 줄 모르고 자기 자리에 앉아 있었다.

아하오 옆에 있던 아첸이 말했다.

"피가 나는 게 아니라 월경이야. 이 바보들아."

내가 멍한 얼굴로 물었다.

"월경이 뭔데?"

"달거리 말이야. 바보 같은 놈."

나는 달거리가 무엇인지 더 묻지 않았다. 그게 뭔지는 몰랐지만 고개를 숙이고 울고 있는 테레사의 표정이 아파하는 것이 아니라 수치스러워 하고 있는 것 같았기 때문이다. 하지만 선생님이 어디에 가셨는지 보이지 않아 모두들 어쩔 줄 모르고 지켜보기만 했다. 반장도 어떻게 해야 할지 몰라 발만 동동 굴렀다.

테레사가 옷에 피가 묻은 걸 남들이 볼까 봐 걱정하고 있는 것 같아서 내 겉옷을 벗어 테레사에게 건넸다.

"이걸 묶어."

나는 옷을 허리춤에 묶는 시늉을 했다.

테레사가 잠시 망설이다가 옷을 받아 허리에 묶었다. 그때 선생님이 오셨다. 선생님은 자초지종을 물어보시고는 서둘러 테레사를 화장실로 데리고 가셨고 잠시 후 여학생 두 명을 시켜 집에 데려다주라고 하셨다.

그날 저녁 집에 돌아오는 길에 친구들과 헤어져 혼자 버스를 탔다. 결국 나는 반대 방향으로 가는 버스를 잘못 타는 바람에 쑹산松山까지 가고 말았다. 종점에 도착하자 버스 기사가 승객들을 모두 내리게 했다.

"중화상창 안 가요?"

내 물음에 버스 기사가 말했다.

"반대 방향으로 탔구나. 길 건너 정류장에 가서 다시 버스를 타. 10분 정도 기다리면 버스가 올 게다. 하지만 중화상창까지 40분쯤 걸릴 거야."

험상궂게 생긴 버스 기사가 내게 동전을 쥐어주며 집에 전화를 하라고 했다. 버스를 기다리고 있는데 갑자기 온 세상이 낯설어 보였다. 꼭 풍뎅이별에 혼자 던져진 기분이었다. 나도 모르게 눈물이 찔끔 나왔다. 집에 돌아와서는 자꾸만 말썽을 부린다며 큰이모부에게 한바탕 매를 맞았다.

어릴 적 나는 부모님이 어디에 있는지 모른 채 이모 집에 얹혀 살았다. 부모님은 어디 있느냐고 물을 때마다 이모와 이모부의 대답은 언제나 똑같았다.

"병에 걸려 돌아가셨어. 널 우리한테 맡겨놓고 말이야."

하지만 나는 부모님 사진도 한 장 본 적이 없었다. 이모는 그땐 너무 가난해서 사진기도 없고 사진관에서 사진을 찍을 돈도 없었다고 했다. 이모와 이모부에게는 친자식이 넷이나 있었다. 그중 맏이인 아펀이 내 또래이자 유일한 대화 상대였고 다른 세 명은 모두 내게 적대감을 품고 있었다. 이모부가 중화상창에서 작은 완탕면 가게를 하고 있었기 때문에 나는 어려서부터 이모부를 도와 완탕을 빚었다. 1초에 하나씩 빚는 것도 식은 죽 먹기였다. 아펀과 속도가 비슷했다.

그 일이 있은 후 나와 테레사의 관계가 특별해졌다. 그 후 테레사는 가끔씩 하교하다가 복도에서 나를 마주치면 언제나 미소를 지어주었다. 정말 불가사의한 미소였다. 누군가 내게 무엇을 주고 나는 그걸 조심스럽게 간직하는 것 같다고나 할까. 하지만 그 무렵 친구들 사이에서 테레사가 우리 반 어떤 남자애와 사귄다는 소문이 돌기 시작했다. 꽤 부잣집 아들로 보이는 아이였다. 우리는 아직 '사귄다'는 단어를 입에 올리기가 어색한 나이였다. 또 반년이 지난 후 우리가 다슝이라고 부르던 안경 쓴 남학생이 미국으로 이민을 갔다. 테레사는 몹시 우울해 보였다. 미국에 간 다슝은 첫 달에 반 전체 아이들에게 편지를 보냈다. 선생님이 어떤 아이를 시켜 교단으로 나와 그 편지를 읽게 했다. 낭독 대회에 나간 것처럼 편지를 읽는 아이의 모습이 우스웠다.

편지 중에 이런 대목이 있었다.

"사랑하는 친구들에게. 나는 미국에서 아주 잘 지내고 있어. 지금은 사촌 형 집에서 살고 있는데 집이 아주 예뻐. 바닥에 장모 카펫이 깔려 있어."

장모 카펫이 뭔지 아는 사람이 없었다. 나는 고개를 돌려 테레사를 보았다. 그녀가 무표정한 얼굴로 거기 앉아 있었다. 편지 내용을 전혀 듣지 못한 사람 같았다.

졸업식 날 모두 울었다. 울지 않으면 감정이 메마른 사람이라고 했기 때문이다. 나중에 생각해보았지만 그때 내가 정말로 가슴이 아팠는지 기억나지 않아서 내가 감정이 메마른 사람인지 아닌지 판단할 수가 없었다. 중학교 입학을 앞둔 여름방학에 나는 매일 테레사에게 편지를 썼다. 단 하루만 편지를 쓰지 않아도 나의 상심한 감정을 유지할 수가 없었기 때문이다. 꽤 오랜 시간 동안 우리는 서로에게 편지만 썼고, 얼마 후부터는 내가 그녀의 중학교 앞에서 하교하는 그녀를 기다렸다가 함께 버스를 기다려주었다. 그러다가 가끔씩 그녀와 함께 버스를 타고 집에 오기도 했다. 그 무렵 이모와 이모부의 통제가 점점 느슨해졌고 나도 두 분의 짜증을 피하려고 되도록 늦게 집에 들어갔다. 솔직히 말하면 나는 이모와 이모부를 미워하지 않았다. 나이를 한 살씩 먹어가면서 친자식도 아닌 아이를, 그것도 가난한 형편에 거두어 키운다는 것이 얼마나 큰 인내심이 필요한 일인지 알았기 때문이다. 다만 나는 두 분이 어째서 부모님에 관한 이야기를 해주지 않는지 이해할 수가 없었다.

중학교 2학년이 끝나고 3학년으로 올라가는 여름방학의 어느 날이었을 것이다. 테레사가 내게 자기 아빠가 집에 안 계시다면서 자기 집에서 함께 공부를 하자고 했다. 그때 처음으로 테레사의 집에 들어가보았다. 초등학교 때는 친구들과 서로의 집에 자주 드나들며 허물없이 지냈지만 테레사의 집은 예외였다. 그녀의 아빠가 점쟁이였기 때문이다. 아이가 점쟁이네 집을 들락거리는 걸 어느 부모가 허락하겠는가. 테레사의 집은 밖에 '샤오퉁톈小通天'이라고 쓴 깃발이 꽂혀 있고, 문 앞에는 얼굴의 각 부위에 난 점이 무슨 의미인지 알려주는 그림이 붙어 있었다. 어릴 적 남자아이들끼리 그걸 보고 장난으로 자기 얼굴에 '음탕함'을 의미하는 점을 그리곤 했다. 원래 테레사에게는 언니가 있었는데 암으로 죽었다고 했다. 하지만 어른들은 그 말을 믿지 않았다. 사실 어른들도 확실한 증거가 있어서 의심한 것은 아니었던 것 같다. 테레사의 언니가 병원에 가는 걸 한 번도 보지 못했다거나 하는 막연한 근거밖에는 없었다. 어쨌든 조용하지만 아직 살아 있어야 할 테레사의 언니가 어느 시점 이후로 사람들의 눈에 띄지 않았다. 그녀가 어디로 갔는지 아는 사람도 없었다. 이모 아들은 어느 날 밤 테레사의 언니가 돌아와 우는 소리를 들었다며 자기가 본 걸 구체적으로 설명했다. 사촌 동생이 울음소리를 들은 곳을 가리키며 확신에 찬 말투로 말했다.

"바로 저 쓰레기통 옆이었어."

테레사의 집에 들어갔지만 점쟁이의 집에 어울리는 신비감은 전혀 느낄 수 없었다. 붉은 천을 깐 탁자와 산통, 의자 두 개가 놓여 있고, 벽에 나무판 몇 개를 매달아 만든 간이 책장에는 음력 달력과 관상에 관한 책들이 몇 권 꽂혀 있었다. 다른 쪽 벽에는 무슨 글씨인지 알아볼 수 없는 서예 족자가 걸려 있었다. 조금 특별한 것이라면 탁자 위에 꽃처럼 생긴 유리 어항이 놓여 있고 그 안에서 금붕어들이 헤엄치고 있다는 것 정도였다. 꼬리지느러미가 활짝 핀 꽃잎 같고 눈알이 튀어나온 금붕어들이었다. 검은색 두 마리, 빨간색 두 마리, 그리고 나머지 한 마리는…, 뭐랄까, 흰색이라고 말하고 싶지만 흰색 비늘을 가진 금붕어와는 달랐다. 굳이 표현하자면 실체감이 없는 흰색이었다. 공기 같은 느낌의 흰색인데 '투명감을 가졌다'고 표현하는 것이 좀 더 정확했다.

"이 금붕어들은 네가 기르는 거야?"

"내가 먹이를 주긴 하지만 금붕어 주인은 아빠야. 아빠가 물고기 점을 치거든. 물고기가 헤엄치는 자세를 보고 점을 쳐."

물고기 점? 그런 게 있다는 걸 그때 처음 알았지만 그 후에도 누가 물고기로 점을 친다는 얘기는 들어본 적이 없다. 물고기가 헤엄치는 자세로 어떻게 점을 칠까? 물고기는 원래 제멋대로 헤엄을 치며 돌아다니는데 말이다.

우리는 다락방에서 공부를 했다. 나는 호기심에 교과서가 아닌 다른 책들을 훑어보았지만, 그녀의 엄마와 언니에 대해서는 묻지 않았다. 남들이 내게 그런 질문을 하는 것이 싫었기 때문이다.

테레사의 베개와 원통형으로 말아놓은 이불 위에 비스듬히 누워서 《자매》라는 잡지를 보았다. 그녀도 같이 누워서 다리를 구부리고 내 팔에 팔짱을 꼈다. 내 팔꿈치가 막 발육을 시작한 그녀의 부드러운 가슴에 닿았다. 알 수 없는 향기가 났다. 솔직히 말해서 그때 나는 포르노를 본 적도 없고 누가 내게 섹스를 어떻게 하는지 가르쳐준 적도 없었다. 하지만 내 몸 안에 있는 본능에 이끌려 몸을 뒤집으며 어색하면서도 자연스럽게 그녀에게 입을 맞추었다. 그리고 우리는 섹스를 했다. 당연히 콘돔도 없었고 체외 사정이 뭔지 알 리도 없었다. 그때 내가 느낀 건 여자의 몸속은 바깥보다 훨씬 부드럽다는 것뿐이었다. 섹스가 끝난 뒤 그녀가 샤워를 하고 왔고 우리는 다락방 창문에 걸터앉아 바깥 거리를 쳐다보았다. 창문 밖으로 다리를 내밀고 흔들었다. 나는 그녀에게 어느 해 쌍십절을 며칠 앞둔 날 한밤중에 깨었다가 탱크와 군용차가 서 있는 걸 보았다고 얘기했다.

테레사는 말없이 내 얘기를 들으며 두 손으로 내 팔을 감쌌다. 내 팔꿈치가 가볍게 그녀의 젖가슴에 닿았다.

우리는 또 한 번 섹스를 했다.

테레사는 내가 밖에서 그녀의 손을 잡는 걸 허락하지 않았다. 나이도 어리고 돈도 없었기 때문에 등하교를 하며 오가는 거리 외에 다른 곳은 가본 적이 없었다. 카페에도 가본 적이 없고 집에서 먹는 음식 외에 먹어본 음식이라고는 완탕면, 우육면, 샤오빙, 유탸오가 전부였다. 지금 그때의 기억을 돌이켜보면 같은 길, 같은 풍경이 반복되어 따분한 연애를 한 것 같은 기분이다. 하지만 그녀를 만날 때마다 이모와 이모부가 억지로라도 나를 떠맡아주어 다행이라고 생각했던 것 같다.

테레사와 나는 공부를 별로 잘하지 못했으므로 남들이 선호하는 고등학교에 진학하지 못했다. 그녀의 학교는 타이베이의 변두리에 있었고, 나는 그녀의 학교와 반대편 변두리에 있는, 입학 커트라인이 제일 낮은 공립 고등학교에 가게 되었다. 우리는 2학년 때까지 계속 만났다. 하지만 3학년을 앞둔 여름방학에 내가 보낸 편지에 답장이 오지 않았다. 그녀의 집 앞에 '샤오퉁톈'이라고 쓴 깃발은 그대로였다. 여러 번 그녀의 집 앞에 가서 기웃거렸지만 이른 아침 시장에 가는 그녀의 아버지만 보았을 뿐 그녀의 모습은 보이지 않았다. 그녀는 마치 투명 인간이 된 것처럼 갑자기 상가에서 자취를 감추었다.

고등학교 시절 나의 대학 진학 가능성이 절망적이라는 걸 알고 있었다. 그렇다고 이모와 이모부가 완탕면 가게를 내게 물려줄 리도 없었다. 나는 고등학교를 졸업하자마자 건설 현장에서 막노동을 하며 따로 방을 얻어 살기 시작했다. 마침내 독립한 것이다. 물건 조립하는 데 흥미가 있었기 때문에 머지않아서 같이 일하는 아저씨들에게 목공 기술을 배웠다. 전기 배선 기술도 금세 익혔다. 아마도 그 방면에 타고난 소질이 있었던 것 같다. 나는 머지않아 공사를 청부받아서 일하기 시작했고, 열심히 하다 보니 지금은 남들에게 설계사로 불리고 있다. 정확히 말하면 실내 인테리어 공사를 따낸 뒤 기술자들을 지휘해 공사를 진행하는 일을 하고 있다. 내가 하는 일에 자부심도 있다. 남들이 수십 년 동안 살 공간을 만들어주는 일이기 때문이다. 나는 설계를 할 때 집주인도 모르는 서랍 같은 것들을 만들며 그곳이 언제 발견될까 생각하곤 한다.

테레사와 헤어진 후 내 생활은 단조로워졌다. 그 후부터 지금까지 단 세 명과 연애했을 뿐이다. 마지막 애인은 마흔이 넘은 유부녀였다. 우리는 그녀의 남편이 출장 간 사이에 만나

섹스를 했는데 주로 월요일이었다. 그녀는 나랑 즐겁게 섹스할 수 있다는 점이 좋았을 것이다. 섹스를 할 때 그녀가 축축이 젖은 적도 있지만 그렇지 않을 때도 가끔 있었다. 너무 건조하면 그녀는 음순에 베이비오일을 발라 잘 들어갈 수 있게 했다. 러브젤을 사주었지만 베이비오일의 감촉이 좋다며 쓰지 않았다.

"차이가 있어?"

내 물음에 그녀가 망설임 없이 대답했다.

"응."

나는 베이비오일 특유의 향이 그녀와 헤어진 이유라는 걸 말하지 않았다. 베이비오일 냄새는 휘발유 냄새보다도 더 씻어내기가 힘들었다. 집에 돌아와 아무리 씻어도 그 냄새가 사라지지 않았다. 그 냄새가 사라지기 전에는 정상적인 생활로 돌아갈 수 없었고, 그 기분이 무척 싫었다.

이 세 번의 짧은 연애를 통해 얻은 것이라면 내가 한 가정을 꾸리고 싶은 생각이 없다는 걸 알았다는 점이다. 유부녀와 이별한 후에는 콜걸을 불러 성욕을 해결했다. 부양할 가족이 없으므로 식비를 제외한 거의 모든 수입을 그쪽에 쓸 수 있었다. 잘 아는 사람과 섹스를 하고 싶지도 않았고, 섹스를 했다는 이유로 누군가와 가까워지고 싶지도 않았다. 그런 일에는 모두 감정을 투자해야 하는데, 그러다 보면 가정을 꾸리고 싶다는 생각이 들었기 때문이다. 그런 생각들이 나를 우울하게 만들었다.

한 여자를 여러 번 부르면 이런저런 얘기를 나누다가 저절로 상대에 대해 알게 되고 섹스를 하고 난 뒤 같이 야식을 먹으러 나가기도 했다. 그러다 보면 나도 모르게 각별한 감정이 생기기도 했는데, 그걸 깨닫는 순간 나는 더 이상 그녀를 부르지 않았다. 섹스와 사랑은 분리될 수 있다고들 말하지만 내 생각은 다르다. 성도 인간의 감정에 대한 반응이기 때문에 종종 예측할 수 없는 일이 발생할 수 있다. 스스로 분리해서 처리했다고 자부하겠지만 성욕이라는 것도 어차피 살아 있는 몸을 사랑하는 것과 같지 않은가?

하지만 바이허를 만난 후 나도 모르게 그의 단골이 되었다. 내가 그녀를 만난 곳은 완화萬華의 구이린루桂林路였다. 벽에 기대어 서 있는 수많은 여자들 속에서 유독 그녀가 나를 한눈에 사로잡았다. 그녀의 큰 키와 내게 눈길 한번 주지 않는 도도함 때문이기도 했지만, 그보다 더 중요한 건 완화의 거리에서 손님을 기다리는 여자들 가운데 섹스를 할 때 서글픈 기분이 들지 않는 건 그녀뿐이었기 때문이다. 그녀의 나이가 나보다 적게는 다섯 살에서 많게는 열 살까지 많을 것 같았지만 적어도 겉으로는 그렇게 보이지 않았다. 또 처음 섹스를 했을 때와 섹스가 끝난 뒤 그녀와 나눈 대화가 아름다웠다. 우리는 나란히 누워 있었고, 그녀는 나의 어깨에 살짝 머리를 대고 나를 향해 두 다리를 조금 구부렸다. 누가 천장에서 우리를 내려다보았다면 그녀가 내게 뭔가를 간청하고 있다고 생각했을 것이다.

완화에서 만나는 거리의 여자들은 대부분 서비스 시간이 15~20분이었고, 비용은 삼백에서 많게는 천오백까지 다양했다. 삼백짜리는 대부분 나이는 50대지만 외모는 70대로 보이는 아주머니들이었다. 나는 그녀들이 손님을 구하는 걸 본 적이 없다. 그곳 여자들은 보통 근처에 셋방을 얻어놓고 혼자 살거나 방을 나누어 둘이 같이 살았다. 칸막이가 나무판이라 옆방에서 섹스하는 소리가 그대로 다 들렸고 심지어 서로의 체취까지 맡을 수 있을 정도였다. 하지만 바이허는 혼자 살았다. 그녀의 집은 비교적 깨끗했고 일반 가정집과 별로 다를 게 없었으며 심지어 고양이도 길렀다. 처음 그녀의 집에 간 날 섹스를 하기 전에 함께 목욕을 했다. 그녀의 유방과 엉덩이에 아래로 늘어진 주름이 잡히기 시작하고 있었다. 젊었을 때는 꽤 미인이었을 것 같았다. 방의 노란 백열등 불빛은 그녀를 실제보다 더 젊어 보이게 했지만, 욕실의 흰색 형광등 불빛 아래서는 그녀의 나이가 적나라하게 드러났다. 실내 인테리어를 하면서부터 나는 흰색 형광등이 잔인한 선능이라고 생각해 왔다.

"욕실에는 노란색 조명이 좋아."

그녀가 샤워기로 내 몸을 씻겨주며 물었다.

"왜? 내가 늙어서 싫어?"

"내가 언제 싫다고 했어? 조명 색깔을 얘기했을 뿐인데."

"집이 어디야?"

"타이중." 나를 완전히 드러내고 싶지 않았다.

그녀가 또 물었다.

"무슨 일 해?"

"실내 인테리어."

그녀가 웃음을 터뜨렸다.

"어쩐지 조명 색깔까지 신경 쓰더라."

내가 발기되자 그녀가 바닥에 쪼그려 앉아 입에 물었다. 하지만 나는 하나도 좋지 않았다. 그녀의 정수리에 새로 자라난 흰머리가 보였기 때문이다. 나는 그녀의 어깨를 툭툭 두드리며 침대로 가자는 신호를 했다.

섹스를 하고 난 뒤 바이허가 자기 얘기를 했다. 젊었을 땐 술집 호스티스로 일했고 나중에는 부동산 중개 일도 했지만 다시 거리로 나온 건 일하는 시간이 자유롭기 때문이라고 했다.

"부동산 중개를 하면서 오히려 내가 사기를 치고 있는 것 같았어. 집에 있는 풀장이 조금만 커도 호수처럼 넓다고 설레발을 쳤으니까."

"부동산 중개가 지금 이 일보다 사람을 속이는 건 맞지."

"물론이야."

그녀가 웃었다. 시간이 다 됐음을 알리는 알람이 울리자 그녀가 일어나 옷을 입기 시작했다. 제일 먼저 팬티를 입고 스타킹을 신은 다음 브래지어, 짧은 소매 티셔츠, 핫팬츠를 순서대로 입었다. 마지막으로 까만 하이힐 부츠를 신고 흰색 펠트 모자를 썼다. 유방, 배, 엉덩이에 밑으로 처진 주름이 가득했던 방금 전의 그 몸이 교묘하게 감추어졌다. 그녀에게서 반짝반짝 빛이 났다고 해도 과언이 아니었다.

다음 날 나는 또 그녀를 찾아갔다. 그녀는 하이힐 부츠에 보라색 원피스를 입고 흰색 펠트 모자를 비스듬하게 쓰고 있었다. 방에 들어가자마자 그녀가 물었다.

"나 오늘 옷차림 어때? 어제가 더 예뻐, 오늘이 더 예뻐?"

내가 물었다.

"날 기억해?"

"당연하지. 멀리서 걸어오는 걸 보고 있었어. 손을 안 흔든 건 여기 오는 남자들에게 선택권이 있기 때문이야. 아가씨를 고르고 있는 줄 알았어. 여기 여자들은 손님에게 손을 흔들지 않아."

내가 고개를 저었다.

"처음부터 당신을 찾아온 거야."

"고마워."

"다 예뻐. 어제도, 오늘도."

그 후 나는 자주 바이허를 찾아갔다. 가끔은 얘기만 나누고 왔고 가끔은 섹스를 했다. 얘기만 나누든 섹스를 하든 그녀에게 지불하는 돈은 똑같았다. 나는 점점 내가 단지 성적인 필요에 의해서만 그녀를 찾아가는 게 아니라는 생각이 들었고 그러자 그녀에게서 벗어나고 싶어졌다. 하지만 나는 처음으로 사랑에 빠져 헤어날 수 없는 나를 발견했다. 나는 깊은 밤 완화의 퇴폐적인 분위기와 곳곳에 웅크려 자고 있는 노숙자들, 어지럽게 이어진 골목과 스쿠터 위에 앉아 있는 여자들을 좋아하게 되었다. 무릎이 약해서인지 간이 의자를 가지고 나와 의자에 앉아서 작은 부채로 부채질을 하는 여자들도 있었다. 의지할 데 없고 돈도 없는 노인들은 말없이 앞에 서서 상품을 검수하듯 여자들을 물끄러미 쳐다보았다. 그들은 그걸 두고 '천일홍'을 구경한다고 말했다. 새벽 3시가 되면 갖가지 중고를 파는 노점상들이 모여들기 시작했다. 낡은 신발부터 스피커까지 없는 게 없었다. 중고 슈퍼맨 가면, 천수관음 불상, 포르노 비디오, 운동화를 나란히 놓고 팔고 있는 노인도 보았다. 가격을 물어보니 운동화는 50대만달러, 천수관음 불상은 700대만달러라고 했다. 구경하는 사람들은 거리를 가득 채울 만큼 많았지만 물건을 사는 사람은 별로 없었다. 중고 신발이 아무리 싸도 신발 사이즈가 맞는 사람을 찾기가 쉽지 않기 때문일 것이었다. 문득 중고 신발과 중고 불상 중 어느 것을 파는 게 더 쉬운지 궁금했다. 어지럽게 연결되어 있는 골목들마다 시계가 걸려 있었다. 처음에는 특이하다고만 생각했는데 나중에 보니 그 시계들은 그곳에 살고 있는 사람들을 위한 것이 아니라 모두 치러우 아래에서 일하는 사람들에게 시간을 알려주기 위해 걸어놓은 것이었다.

나는 바이허에게 가기 전에 그날 나온 여자들을 일일이 살펴보곤 했다. 그중 누구를 고르기 위해서가 아니라 그저 일종의 탐닉이었다. 나는 그곳 거리를 걸으며 생소한 친밀감을 느꼈다. 나는 그곳에 속해 있지 않았지만 또한 그곳에 속해 있었다. 여자들은 점점 내 얼굴을 기억했고 더 이상 내게 손짓을 하며 말을 걸지 않았다. 내가 바이허의 손님이라는 걸 알고 있었기 때문이다. 얼마 후 나는 골목마다 여자가 있는 곳에는 모두 고양이가 있다는 걸 알았다.

처음에는 여자들과 고양이가 무슨 관계인지 알지 못했다. 나중에 보니 경찰이 매일 밤 10시부터 새벽 3시까지 교대로 순찰을 돌고 있었다. 그래서 외지에서 온 여자들을 제외하고 그곳에 사는 여자들은 모두 새벽 3시 이후에 '출근'을 했다. 멀리 타이중에서 올라와 잠시 '휴일 근무'를 하고 있는 여자들은 어두운 골목에 숨어 있어야 했다. 경찰이 오토바이를 타고 순찰을 돌 때는 스쿠터에 앉아 딴전을 피우며 루웨이를 먹고 밀크티를 마셨다. 고양이가 모여들기 시작하는 것이 바로 이때였다. 고양이들이 다가와 뼈다귀를 달라고 울면 여자들이 고기 부스러기가 붙어 있는 뼈다귀를 고양이들에게 던져주었다. 고기 맛을 본 고양이들은 눈동자를 더 환하게 밝히고 꼬리를 바짝 세운 채 울부짖으며 골목 구석구석을 어슬렁거리다가 처마 밑에서 교미를 하곤 했다. 경찰이 돌아가고 나면 하이힐을 신은 여자들이 담배꽁초와 가래가 잔뜩 떨어져 있는 축축한 골목에서 나와 가로등 불빛이 닿지 않는 곳에 교묘하게 자리를 잡고 섰다. 노인들이 길가에 서서 여자들을 구경했지만 노인들과 여자들 모두 제각기 어두운 그늘 속에 있었기 때문에 서로를 쳐다보는 눈빛이 흐리터분했다. 고양이가 여자들의 다리에 몸을 비벼대는 모습이 보는 이에게 야릇한 느낌을 주었다.

바이허는 그곳 여자들은 남자를 보면 한눈에 자기 손님인지 아닌지 알 수 있다고 했다. 그래서 마음에 들지 않는 남자에게는 일부러 가격을 높게 불러서 제풀에 도망치게 만든다는 것이다. 물론 그건 바이허의 조건이 우월하기 때문에 가능한 일이었다. 나이가 많은 여자들은 거의 구걸하듯 손님을 찾아야 했다.

바이허가 담배 한 모금을 깊게 들이마시며 말했다.

"당신 같은 손님은 거의 없어."

내가 테레사를 만난 건 바이허의 오래된 아파트에서 내려왔을 때였다. 나는 바이허의 집에서 그녀와 함께 내려온 적이 없었다. 그래서 그녀가 바이허를 찾아왔다는 걸 모르고 테레사와 무척 닮았다는 생각만 했다. 나는 아파트 앞을 떠나지 않고 일부러 옆에서 담배를 피우는 척하며 그녀를 몰래 흘끔거렸다. 얼마 후 바이허가 내려와 테레사의 이름을 부른 뒤에야 그녀가 진짜 테레사이고, 두 사람이 서로 아는 사이라는 것을 알았다. 바이허는 자기 집이 아닌 곳에서 나와 대화를 나누지 않았다. 그건 우리 사이의 묵계 같은 것이었다. 나는 말없이 자리를 떴다.

며칠 뒤 다시 바이허에게 갔을 때 얘기를 나누다가 그 여자가 누구냐고 슬쩍 물었다.

바이허가 대답하기 싫지만 나를 속이고 싶진 않다는 표정으로 말했다.

"여기서 일하는 여자 아니야. 좋아. 솔직히 말할게. 내 동생이야."

"그 여자 내 어릴 적 친구야."

솔직히 말해서 꼭 테레사를 만나야겠다는 생각은 없었다. 내가 만남이라는 것에 별로 의미를 부여하지 않기 때문이다. 특히 이런 상황에서는 더더욱 그랬다. 하지만 며칠 뒤 석양 무렵 바이허의 도움으로 그녀가 일하는 건물 아래에서 만나게 되었다. 우리는 만나자마자 서로를 보고 웃었고 나란히 걸으며 얘기를 나누었다. 처음에는 대화가 무척 느렸다. 한 글자 때문에 분위기가 굳어버리기도 하고 한참 동안 말이 나오지 않기도 했다. 카이펑제開封街의 오래된 빵집 앞을 지나는데 익숙한 쇼윈도의 내부가 세련된 분위기로 바뀌어 있었다. 쇼윈도 안에서는 케이크가 회전 받침대 위에서 계속 돌아가고 있었다. 그런 방법으로 손님을 끄는 건 정말 멍청하다고 생각했다.

"우리가 처음 너희 집에 갔던 날 기억해?"

"당연하지."

"시간이 참 빨라."

"응."

우리는 어느 초등학교 근처에서 당시 유명했던 어묵을 먹었다. 이제 보니 테레사와 바이허가 조금 닮은 것 같았다. 특히 커다란 눈이 비슷했다. 나는 그녀의 눈을 응시하며 이야기를 나누었다. 그녀는 자신이 갑자기 사라졌을 때 언니에게 갔던 것이라고 했다.

"둘 다 가출한 이유가 뭐야?"

테레사가 고개를 저었다.

내 질문이 잘못되었다는 걸 알고 자책했다. 대화란 종종 전기톱으로 나무를 자르는 것과 같아서 실수로 잘라버리면 다시 붙일 수가 없다.

내가 말했다.

"너한테 편지도 보내고 너희 집 앞에서 기다리기도 했어."

"나도 연락하고 싶었지만 언니를 따라서 타이중으로 가게 됐어. 어쩌면 연락하지 않는 게 더 낫다고도 생각했지." 그녀가 말을 멈추었다가 뭔가 생각난 듯 말했다. "참, 우리 집에 있던 금붕어 기억해?"

"금붕어?"

"응. 그중 한 마리가 이상하게 생겼다고 했었잖아."

"그랬나?"

"응."

"그랬던 거 같아. 그런데 그건 왜?"

그 마술사를 기억해? 어릴 적 나는 항상 외롭다고 느꼈어. 다른 아이들보다 키가 컸기 때문인 것 같아. 아빠한테 엄마는 어디에 있느냐고 물었더니 그 여자 얘긴 다시 꺼내지도 말라고 했어. 아빠는 매일 점술에 대한 책만 보았어. 아빠는 예전에 어떤 사람에게 점치는 기술을 배운 뒤에 독학으로 점치는 법을 공부했거든. 초등학교 6학년 때 다슝이라는 친구가 미국에 갔던 거 기억하니? 모두들 다슝이 떠나는 바람에 내가 우울해했다고 생각했지만 사실 그 때문이 아니야. 그 무렵에 언니가 갑자기 집을 나가서 행방불명되었기 때문이었지. 언니가 떠난 후 더 외로워졌어.

나는 육교 위에 자주 갔어. 마술사의 마술을 보러 간 것도 있지만 널 만날 수 있을까 하는 기대도 있었어. 어느 날 학교에서 돌아오다가 친구들과 마술을 구경했어. 마술사는 장사가 잘되는지 기분이 좋아 보였어. 마술 그림이 그려져 있는 책을 팔고 있었는데, 그가 그날 보여준 마술은 거기서 파는 마술 도구로는 할 수 없는 것이었어. 마술사가 말했어. 이 책에 있는 마술을 열심히 연습하고 나서 마음속으로 원하는 걸 부르는 주문을 외기만 하면 그게 그림 속에서 나올 거라고. 세상이 원래 그림이었던 것처럼 말이야. 마술사가 어른과 함께 온 한 아이를 가리키더니 공책에서 종이 한 장을 뜯어서 지우개를 그리라고 했어. 아이가 지우개를 그려서 마술사에게 주었지. 그가 오른손으로 종이를 문지르니까 정말로 그 그림과 똑같은 지우개가 나왔어. 아이가 그린 지우개는 비뚤비뚤했는데 그것까지도 똑같더라. 마술사가 그 아이에게 지우개를 주니까 구경하고 있던 사람들이 모두 박수를 쳤지.

마술사는 조수가 한 명 더 필요하다면서 구경하고 있는 아이들을 둘러보다가 나를 가리켰어. 좋아하는 걸 아무거나 그려보라고 하길래 금붕어를 그리겠다고 했어. 집에 금붕어가 있기는 했지만 평범한 금붕어가 아니라 아빠가 '물고기 점'을 치는 금붕어들이었으니까. 마술사가 금붕어를 그려도 괜찮다고 하면서 톰에게 집에 가서 물을 한 바가지 떠 올 수 있느냐고 묻더라. 톰은 물을 가지러 집으로 달려갔고 나는 공책을 한 장 뜯어서 아무 색깔도 없는 금붕어를 그렸어. 그림을 다 그렸을 때쯤 톰이 물바가지를 들고 왔어. 마술사는 내게 물바가지를 들고 가만히 서 있으라고 하고는 손으로 종이를 문질렀어. 손으로 몇 번 문질렀을 뿐이었는데, 정말로 살아 있는 물고기 한 마리가 종이 위에서 펄쩍 뛰어올라 물바가지 속으로 뛰어들었어. 감전된 것처럼 깜짝 놀랐지 뭐야. 마술사는 내게 금붕어를 가지라고 했어.

내가 그린 금붕어는 평범했어. 볼록 튀어나온 눈에다가 꽃처럼 펼쳐진 꼬리까지. 다른 금붕어들과 유일하게 다른 점은 내가 색을 칠하지 않았었다는 거야. 금붕어를 집에 가지고 와서 어항에 넣었어. 다른 금붕어들도 처음에는 신기해하는 것 같더니 점점 받아들였어. 나는 투명한 금붕어가 어항 속에서 있는 듯 없는 듯 헤엄치는 걸 구경했어. 얼마 후에는 내가 어항 가까이 다가가서 무슨 말을 하면 그 금붕어도 헤엄쳐 다가와서 커다란 물방울 같은 두 눈으로 나를 쳐다보았지.

너도 알다시피 나는 고등학교를 졸업하던 해까지 아빠와 같이 살았어. 하지만 그 전에 언니와 연락이 닿았고 언니가 계속 집을 나오라고 용기를 줬어. 온 세상이 지옥은 아니라면서. 옷 몇 벌만 가지고 집을 나오면서도 그 금붕어는 데리고 나왔어. 그 금붕어는 아주 오래 살았어. 아빠가 물고기 점을 칠 때 쓰던 까만 금붕어 한 쌍과 빨간 금붕어 한 쌍은 몇 번이나 죽어서 새로 샀는데, 그 금붕어는 죽지 않고 오래 살았어. 그런데 기차를 타다가 금붕어가 들어 있는 비닐봉지를 놓치는 바람에 봉지가 바닥에 떨어지면서 금붕어가 밖으로 나와서 죽고 말았어. 죽은 금붕어는 얼음 조각처럼 더 투명해져서 하마터면 찾지 못할 뻔했어.

우리는 어묵을 먹은 후 큰길을 빙 돌아 걸었다. 쌍십절 퍼레이드 예행연습 때 탱크, 물오리, 군용차가 서 있던 그 길은 사라지고 없었다. 나는 군에 입대했을 때 첫날 받은 만터우饅頭•를 먹지 않고 보관해뒀다. 그때 나는 수집벽이 있었다. 만터우는 금세 딱딱해졌고, 나는 첫 휴가를 나올 때 그것을 가지고 나와서 유리문이 있는 책장 안에 넣어두었다. 책장에는 중화상창에 살 때 우리 집 문패와 잡화점에서 사탕을 넣어놓고 팔던 유리병, 역무원이 가지고 다니던 경고등도 있었다.

만터우에서 곰팡이가 피기 시작했지만 색이 누렇게 변하는 것 말고 별다른 변화는 나타나지 않았다. 나는 점점 익숙해져서 만터우가 있다는 것도 잊어버렸다. 그러다가 10년 전 어느 날 아침에 양치질을 하고 책장 앞에 섰다가 문득 뭔가 달라졌다는 생각이 들었다. 몇 초 뒤 그곳에 있어야 할 만터우가 사라졌다는 걸 알았다. 알고 보니 곰팡이 균이 만터우를 남김없이 다 먹어치운 것이었다.

그 도시의 모든 길들은 풍상을 겪은 뒤 보수한 것처럼 보였다. 하지만 보수의 흔적이 너무 허술해서 한눈에도 앞으로 얼마 버티지 못할 것 같았다. 길을 건너면서 테레사의 손을 잡았다. 우리는 피곤했다. 생명이란 원래 번식하고, 또 사라지는 법인데 우리는 무언가를 남기지도 못했다. 우리는 그렇게 오래 살지 말았어야 했다. 예전에 기찻길이 있었던 자리를 지나며 나는 고개를 돌려 테레사에게 입맞춤을 했다. 그녀는 처음

• 밀가루 반죽에 소를 넣지 않고 찐 것.

에는 놀라더니 잠시 후 내게 다시 입을 맞추었다. 그녀의 혀가 작은 동물처럼 가늘게 떨렸다.

이상한 것은 그 입술의 부드러운 촉감과 맛을 내가 아직까지 잊지 않고 있다는 사실이다. 나의 따분하고 어수선한 인생에 마침내 얼음 조각처럼 녹아도 물의 형태로 존재할 무언가가 남게 된 셈이다.

새

초등학교에 입학하던 해부터 새를 기르기 시작했어.

학교에 들어가기 전 나는 매일 엄마와 함께 시장에 갔어. 나보다 한 살 많은 오빠는 학교에 다니고 있었어. 내게 시장은 놀이공원이나 다름없었어. 엄마는 자전거 앞 등나무 안장에 나를 앉혀가지고 자전거를 타고 다니며 시장의 모든 노점을 둘러보았지. 나는 공주가 된 기분에 영영 학교에 안 다니면 좋겠다고 생각했어.

어느 날 한 노점상이 작은 새장들을 가지고 나왔어. 그 안에 새가 수백 마리는 들어 있는 것 같았지. 그 노점상도 처음 보았지만 새를 파는 것도 그때 처음 봤어. 참새와 비슷한 새들이었는데, 새장이 너무 비좁아서 새들이 날개를 파닥이는 소리가 요란했고, 날개가 일으키는 바람결에 좁쌀 껍질이 사방으로 날아올랐어. 새 장수에게 그 새들의 이름이 뭐냐고 물었더니 이렇게 말했어.

"십자매란다."

"뭐라고요?"

"십자매."

"십자매요? 얼마예요?"

"10대만달러야."

아, 10대만달러. 10대만달러가 필요했어.

다음 날 엄마와 시장에 가는 길에 엄마 치마를 잡아당기며 야쿠르트를 사달라고 졸랐어. 그때는 야쿠르트가 사치품이었으니까 엄마는 안 된다며 내 손을 야멸치게 뿌리쳤지. 그래도 포기하지 않고 조르고 떼쓰고 악을 쓰며 엄마를 성가시게 했더니 참다못한 엄마가 내 입을 막기 위해 5자오角(0.5대만달러)를 주었어.

그 뒤로 보름 동안 나는 엄마의 청소를 돕고 우표를 진열해놓은 쇼윈도를 열심히 닦았어. 그때 우리 집은 상가 2층에서 우표집을 하고 있었거든. 우리 집에 있는 우표들은 대부분 외할아버지가 수집한 것이었어. 엄마가 우표집을 시작한 것도 외할아버지 덕분이었지. 나도 자연스럽게 우표를 좋아하게 되었어. 작은 우표가 뭐가 그리 좋은지 이해하지 못하는 사람들도 많았어. 학교에 들어갈 때까지 나의 생활은 중화상창을 벗어나지 않았기 때문에 우표에 있는 사진, 그림, 인물, 기념일 등의 도안이 내겐 한없이 신기하기만 했어. 수많은 사람들이 우리에게 편지를 보내어 자기 나라 이야기를 들려주는 기분이랄까. 저녁에 엄마가 핀셋으로 우표를 정리할 때면 세계의 퍼즐을 맞추는 것 같았고, 희귀한 우표가 팔릴 때는 무척 속이 쓰렸어.

나는 2주 만에 10대만달러를 모은 뒤 오빠에게 내 계획을 말해주었어. 다음 날 엄마를 따라 시장에 갔을 때 야쿠르트를 사러 간다는 핑계로 엄마와 헤어져 몰래 십자매 한 마리를 샀어. 새 장수가 십자매를 작은 종이 상자에 넣어주었고, 나는 그걸 엄마 몰래 작은 봉지에 담아가지고 왔어. 오빠는 나와 사이가 좋으니까 절대로 비밀을 발설하지 않을 거라고 믿었어.

나는 엄마에게 들킬까 봐 집에 와서도 종이 상자에서 새를 꺼내지 않았어. 우리는 상자 옆에 뚫어놓은 작은 구멍으로 좁쌀을 넣어주고 야쿠르트병을 잘라 만든 접시에 물을 담아 새에게 먹였어. 새가 상자 안에서 가볍게 뛰었어. 가끔씩 '구구구' 하고 작은 소리로 울면 뒷덜미에 소름이 끼칠 만큼 흥분됐어. 오빠와 나는 새를 상자 속에서 계속 기를 수 있을 거라고 생각했어.

다음 날 아침에 새가 너무 보고 싶어서 상자 한쪽에 작은 틈을 냈어. 십자매가 깜짝 놀라서 상자 안쪽으로 도망쳐 웅크리더라. 그 작은 구멍으로 반짝이는 별을 보았어. 왠지 몰라도 그걸 보는 순간 가슴이 철렁 내려앉았어. 정말 아름다웠거든. 몇 년 뒤 12별자리가 그려진 체코 우표를 보았을 때와 비슷한 충격이었을 거야.

오빠와 나는 온종일 안절부절못하고 몇 분마다 한 번씩 달려가 구멍을 통해 상자 안을 들여다보았어. 새와 눈이 마주치는 순간 희열을 느꼈지. 그런데 저녁밥을 먹을 때쯤 새가 뭘 하고 있는지 보려고 상자의 틈을 벌렸는데 놀란 새가 내 눈을 향해 와락 달려들더니 푸드덕 날아올라 도망쳐버렸어.

그날 저녁 내내 빈 상자를 안고 얼마나 울었는지 몰라. 엄마는 내가 왜 우는지 몰라 걱정하다가 나중에는 나를 때리며 혼냈어. 그때 처음으로 내가 10대만달러보다 더 중요한 걸 잃어버렸다는 생각이 들었어.

새가 도망친 후 나는 한동안 얼이 빠진 채로 지냈어. 여름이 가고 초등학교에 입학했지만 학교는 내게 무진장 따분한 곳이었어. 유일하게 내 흥미를 끄는 건 교정에 있는 나무였지. '구구구' 하고 우는 새가 그 나무 구멍 안에 둥지를 틀고 있었어. 그 새가 오색조라는 건 나중에 커서야 알았어. 당시 오색조가 타이베이 중구의 한 초등학교에서 둥지를 틀고 있다는 걸 아무도 몰랐던 거야. 첫 번째 중간고사가 다가오자 엄마는 시험에서 3등 안에 들면 옆집 샤오루가 타지 않는 세발자전거를 사주겠다고 했어. 샤오루가 키가 커서 세발자전거가 너무 작아져버렸으니까. 자전거는 필요 없으니 다른 걸 사주면 안 되느냐고 했더니 엄마는 자전거보다 비싸지 않으면 괜찮다고 했어. 그래서 샤오루의 자전거를 얼마에 살 수 있느냐고 물었더니 100대만달러라고 했어.

100대만달러라니! 나와 오빠가 눈빛을 주고받았어. 자전거보다 비싸지만 않으면 된다니!

그 시험에서 나는 처음으로 3등을 했어. 그 후에는 너와 빵집을 하는 반장, 철물점을 하는 모기가 번갈아 3등을 했고 다시는 내게 기회가 돌아오지 않았지. 말하자면 초등학교 시절 나의 처음이자 마지막 3등이었어. 마침내 나는 십자매 한 쌍을 갖게 됐어. 엄마는 그게 내 인생의 유일한 3등이 될 줄도 모르고 눈시울이 붉어져서는 8동의 대나무 제품 가게 주인에게 내가 똑똑하다고 자랑을 했어. 게다가 기분이 좋아서 새 둥지가 달린 작은 대나무 새장도 사줬지. 나는 그날 엄마가 정말 좋아서 나중에 어른이 되면 엄마가 늙어서 할머니가 될 때까지 절대로 시집가지 않고 엄마를 돌볼 거라고 맹세했어.

오빠와 나는 치러우 가장자리에 있는 얕은 담에 못을 박아 나무판을 붙이고 그 위에 새장을 올려놓았어. 십자매는 암수 한 쌍이었는데 수컷은 약간 황토색이었고 암컷은 검은색과 흰색 얼룩이 있었어. 꼬리는 모두 잘려 있었어. 새들이 쉽게 도망치지 못하게 하려고 새 장수가 자른 것이었지. 오빠가 매일 학교에서 돌아오면 제일 먼저 하는 일은 나와 함께 새장을 내려서 신문지를 갈아주는 것이었어. 가끔 신문지 속에 숨어 있던 바퀴벌레가 나와서 내가 무서워하면 오빠는 "이게 뭐가 무서워?"라고 호기롭게 큰소리를 치며 눈을 감고 바퀴벌레를 밟았어. 오빠의 발을 피한 바퀴벌레는 옆집 헌책방이나 탕씨 아저씨의 양복점으로 도망쳤지.

그러던 어느 날 아침, 일어났는데 새소리가 들리지 않았어. 새장으로 달려가 보니 십자매 두 마리가 죽은 채 새장 귀퉁이에 쓰러져 있었어. 발과 엉덩이는 뭔가에 물려 너덜너덜했고 깃털에는 피딱지가 엉겨 붙어 있었어.

내가 통곡하는 소리에 2층 이웃들까지 다 잠이 깼지. 탕씨 아저씨는 중화민국 설립 이래 그렇게 절망적인 울음소리는 처음 들었다고 했어.

너희 형이 우리 오빠에게 새가 쥐에게 물려 죽은 거라고 했어. 쥐가 밤에 전깃줄을 타고 담으로 올라와 새 둥지 위로 꼬리를 늘어뜨리면 새들이 놀라서 둥지를 빠져나오는데, 야맹증이 있는 십자매가 새장 귀퉁이로 도망치면 쥐가 살금살금 기어와서 새를 콱 깨문다는 거야. 쥐가 뾰족한 주둥이를 새장 울타리 사이로 들이밀고 새를 뜯어 먹는 거지.

너희 형이 말했어.

"십자매는 물어뜯기고 나서도 한참 있다가 죽었을 거야.

온몸의 피가 다 흘러나온 뒤에 숨이 끊어졌겠지."

그 얘기에 오빠와 나는 또 울음을 터뜨렸어.

십자매가 죽은 뒤 한동안은 새를 기르고 싶지 않았어. 오빠는 다시 뭔가를 기른다면 차라리 쥐를 기르겠다고 했지.

그러던 어느 날 육교를 건너다가 마술사 옆에 좌판을 펼쳐놓고 새점을 치는 점쟁이를 봤어. 점쟁이는 까만 유타오처럼 몸이 후리후리하고 기름기가 흘렀어. 검은 바지에 검은 상의를 입고 검은 베레모를 썼는데 새장을 덮은 천까지도 검은색이었지. 손님이 점을 치러 오면 점쟁이는 검은 천을 걷어 새장 안에 있는 문조를 꺼내놓고 '사업' '애정' '재물'이라고 쓰여 있는 산통에서 제비 하나를 부리로 물어 고르게 했어. 그렇게 해서 나온 점괘를 손님에게 읽어주었지. 대단한 건 그 문조가 육교에 있으면서도 날아서 도망치지 않았다는 점이야. 너희 형은 그게 문조가 새끼였을 때부터 사람 손에 길러졌기 때문이라고 했어. 문조가 제비를 한 번 뽑는 데 10대만달러였어. 십자매 한 마리 가격과 똑같았지. 네가 기억할지는 모르지만 한번은 마술사가 점쟁이의 문조를 가지고 마술을 보여준 적이 있었어. 그건 내 인생에서 본 가장 신기한 마술이었지.

마술사가 특별한 마술을 보여주겠다면서 점쟁이에게 문조가 들어 있는 새장을 빌렸어. 그러면서 무슨 일이 있어도 절대로 새장을 건드리지 말라고 점쟁이에게 신신당부했어.

"명심하쇼. 내 말을 어기면 마술이 실패할 테니까."

마술사의 말에 점쟁이가 고개를 끄덕였어.

마술사가 검은 천을 들추자 새장 안에서 문조가 푸드덕거리며 날아다녔어. 그가 검은 천을 다시 덮고 왼쪽 눈으로는 새장을 보고 오른쪽 눈으로는 구경꾼들을 보았어. 나는 그의 눈을 볼 때마다 왠지 불행한 기운이 담겨 있는 것 같아 섬뜩했어. 1분, 아니 어쩌면 단 몇 초였는지도 몰라. 마술사가 익숙한 손놀림으로 검은 천을 들췄어. 그런데 새장 속에 솜털도 나지 않은 새끼 새가 모이를 달라며 부리를 벌린 채 머리를 흔들고 있었어. 마술사가 무슨 속임수를 썼는지는 둘째 치고 그 새끼 새는 대체 어디에서 나왔을까? 점쟁이가 눈이 휘둥그레져서 넋 빠진 얼굴로 손을 뻗었어. 그러자 마술사가 오른손으로 그의 손등을 탁 치고는 오른쪽 눈을 부라리며 점쟁이를 노려보았어. 왼쪽 눈으로는 여전히 먼 곳을 향하고 있었지.

"만지지 말라니까!"

구경꾼들이 웅성거리자 마술사가 검은 천을 다시 덮고는 눈을 감고 중얼거리다가 천을 들췄어. 아, 새가 다시 흰 깃털이 탐스러운 어미새로 변해 있었어! 방금 전 구경꾼들이 모두 헛것을 본 것처럼 말이야. 분명히 방금 전에 새끼 새를 보았는데 생각할수록 그게 정말로 새끼 새였는지 확신할 수가 없었어. 구경꾼들 사이에서 박수가 터져 나오고 어른들은 마술사 앞에 동전을 던져주었어. 그런데 마술사가 손을 번쩍 들며 아직 마술이 끝나지 않았다는 신호를 했어. 그가 검은 천을 다시 덮더니 이번에는 주문조차 외지 않았어. 번개처럼 순식간에 벌어진 일이었어. 그가 오른쪽 눈으로는 오른쪽에 있는 구경꾼들을, 왼쪽 눈으로는 왼쪽에 있는 구경꾼들을 쳐다보다가 펄럭 소리와 함께 검은 천을 걷었지. 점쟁이와 구경꾼들이 동시에 비명을 질렀어. 바로 몇 달 전 십자매가 죽었을 때의 나처럼 말이야.

새장 안에서 문조가 죽어 있었어.

눈에 보이는 상처는 없었지만 새장 바닥에 미동조차 하지 않고 누워 있었어. 양쪽 발톱은 주먹을 쥔 듯 뒤로 뻗어 있었고 살짝 덮인 눈꺼풀 사이에 실금만큼 벌어진 틈으로 눈동자가 보였어. 생명이 이미 그 작은 몸을 떠났다는 걸 알 수 있었지. 문조가 죽었다는 건 의심할 여지가 없었어. 아무리 훈련을 시켜도 문조가 죽은 척하도록 훈련시킬 수는 없잖아. 나는 바로 얼마 전에도 그렇게 살짝 감긴 눈을 본 적이 있었어. 새의 얇은 눈꺼풀을 통해 눈동자에 생명의 기운이 하나도 없다는 걸 느낄 수 있었지. 문조는 죽어 있었어. 무언가가 새의 몸에서 날아가버린 거야. 이유는 모르지만 너도 그걸 봤다면 죽은 문조와 방금 전 그 새끼 새가 같은 새라는 걸 직감했을 거야. 그 새끼 새가 늙어서 죽은 것이지. 갑자기 급사한 것이 아니라 늙어 죽은 것이었어. 그냥 느낌이 그랬어. 30여 년이 지난 지금 돌이켜보아도 역시 마찬가지야.

점쟁이가 새장을 빼앗으려고 손을 뻗으며 마술사에게 욕을 퍼부었어.

그런데 마술사가 오른손으로 재빨리 그를 막으며 다른 손으로 검은 천을 덮더니 점쟁이에게 버럭 소리를 질렀어. 마술사가 몸을 홱 돌려 새장을 막아서는 바람에 사람들은 어떻게 된 일인지 볼 수가 없었어.

"빌어먹을 점쟁이! 저리 비켜!"

구경꾼들의 외침과 동시에 마술사가 검은 천이 다시 들추었어. 그런데 영화를 되감기 한 것처럼 문조가 멀쩡하게 살아서 새장 속 대나무 막대기 위에 서 있는 게 아니겠어? 아무 일도 없었다는 듯 새의 눈빛조차도 몇 분 전과 똑같았어.

"만지면 새가 돌아오지 못해!"

마술사가 쇳소리 섞인 성난 목소리로 점쟁이에게 쏘아붙였지만 점쟁이는 자기가 뭘 잘못했는지 몰라 황당한 얼굴이었어.

그때 내가 용기를 내서 끼어들었어.

"만지면 새가 왜 돌아오지 못해요?"

마술사가 오른쪽 눈으로 나를 노려보며 말했다.

"지금은 마술 시간이니까. 마술이 시작되면 새장 주위의 시간이 지금 이 육교 위의 시간과 달라지지. 그때 누가 자기 몸의 일부분으로 그 시간을 방해하면 새는 다시 돌아오지 못해. 그 시간 속에 머물러서 영원히 돌아오지 못한다고."

마술사는 그 뒤로 다시는 그 마술을 보여주지 않았대. 1979년이었어. 내가 어떻게 정확한 연도를 기억하고 있는지 알아? 바로 그해에 우표를 발명한 롤런드 힐의 기념우표가 발행되었거든. 예전에는 편지의 무게와 장수, 거리에 따라 편지 발송 요금을 계산했는데 우편 요금이 너무 비싸서 부자들만 멀리 있는 사람에게 편지를 보낼 수 있었어. 가난한 이들은 편지를 보내지 못하고 그저 그리워할 수밖에 없었지. 이때 작은 학교의 교장이었던 롤런드 힐이 〈우편제도의 개혁〉이라는 논문을 써서 영국 국내에서 0.5온스가 넘지 않는 편지의 우편 요금을 1페니 이하로 낮추어야 한다고 주장했어. 그의 주장이 많은 이들의 호응을 얻자 영국 정부도 관심을 갖기 시작했고, 마침내 영국 재정부가 200파운드의 상금을 걸고 우표 도안을 공모했지. 그런데 2,600건이 넘는 도안이 응모됐지만 하나도 심사에 통과하지 못했어. 롤런드 힐도 심사위원 중 한 사람이었는데, 그가 예심을 통과한 49가지 도안을 토대로 도안을 디자인했고 이것이 호평을 받아 최초의 우표가 되었어. 롤런드 힐이 상금 200파운드를 받았는지는 잘 모르겠어. 오히려 그가 남의 도안을 표절한 것이 아닌가 싶기도 해. 어쨌든 롤런드 힐 덕분에 편지 봉투에 우표라는 작은 종잇조각이 붙게 되었어.

바로 그해에 8년 전 엄마를 떠난 아빠에게서 장문의 편지가 왔어. 그 편지를 읽은 엄마의 눈은 마치 돌멩이가 된 것 같았지. 엄마는 그중 한 장에 글씨를 빼곡히 쓰고는 새 편지 봉투에 넣고 롤런드 힐이 그려진 우표 뒤에 침을 발라 봉투에 붙이고는 다시 편지를 부쳤어. 아빠는 내가 태어나기도 전에 집을 나갔대. 그래서 나는 아빠의 얼굴을 본 적이 없어. 딱 한 번 엄마의 우표 수집 책에서 아빠가 아닐까 싶은 사진 한 장을 본 적이 있어. 그 사진의 가장자리는 우표 가장자리처럼 오려져 있었어.

우표에 침을 발라보았니? 예전에는 나도 우표 뒤를 혀로 핥아서 침을 발랐어. 찝찔하고 미끄덩한 촉감이 꼭 혀가 하고 싶은 말을 우표 뒤에 붙이는 것 같았지.

그때 내 소원은 마술사의 조수가 되는 거였어. 아름다운 여조수 말이야. 마술사에게 조수가 필요하지 않느냐고 물어봤는데 자기 마술은 조수가 필요 없다며 거절했어.

그는 이렇게 말했어.

"내 마술은 혼자서만 해. 지금까지 그랬고 앞으로도 그럴 거다. 조수가 필요한 마술사는 일류 마술사가 아니지."

마술사의 조수가 되지는 못했지만 문조를 길러보고 싶었어. 새끼일 때부터 길러서 다 자라면 점괘 뽑는 훈련을 시키고, 알을 낳으면 부화시킨 다음 새끼를 길러서 또 점괘 뽑는 것을 가르치고…. 그렇게 하면 한 번에 열 사람의 점도 봐줄 수 있을 테니까.

오빠와 함께 오랫동안 수소문한 끝에 완화 구이린루에 새 시장이 있는데 거기서 새끼 문조를 판다는 걸 알아냈어. 이듬해에 오빠와 둘이 세뱃돈을 모아서 새를 살 돈을 마련했어. 엄마에게는 변소에 간다고 말하고 나와서 오빠와 함께 구이린루의 새 시장에 갔지. 거기에서 새끼 새 두 마리를 샀어. 한 마리는 백문조였고 다른 한 마리는 흑문조였어.

새를 사 온 걸 보고 엄마가 화를 내며 우리를 때렸지만 얼마 안 가서 엄마도 마음이 약해졌어. 예전에 썼던 새장은 쥐가 갉아 먹어 쓸 수 없게 된 걸 보고 엄마가 쇠로 된 새장을 사주었지. 우리가 흘린 눈물에 대한 대가였다고 할까.

우리는 새 장수에게 들은 대로 좁쌀을 한나절 동안 물에 불린 다음, 두꺼운 종이를 접어서 만든 수저로 좁쌀을 떠서 새끼 새에게 먹였어. 우리가 다가가면 새들이 부리를 쩍 벌리고 요란하게 울었지. 새들은 배불리 먹으면 목 부분이 볼록 튀어나왔는데 그곳을 모이주머니라고 부른다는 걸 나중에 알았어. 새들은 모이를 먹으면 그곳에 담아두고 천천히 소화를 시킨대. 나는 모이를 먹일 때마다 새의 목 근처에 있는 털을 후후 불어가며 모이주머니가 다 찼는지 확인했어. 새가 부쩍부쩍 자라 드디어 첫 털갈이가 시작되었어. 털갈이가 끝나자 흑문조는 근사한 새가 되었지만 백문조는 눈이 항상 촉촉하게 젖어 우울해 보였어. 나를 쳐다보는 눈 속에 뭔가 할 말이 깃들어 있는 것 같았어.

오빠와 나는 백문조와 흑문조에게 각각 흰둥이와 검둥이라는 이름을 붙여주었어. 백문조와 흑문조가 모두 문조이기 때문에 둘이 교배하면 백문조가 태어날 수도 있고 흑문조가 태어날 수도 있고, 아니면 청문조가 태어날 수도 있다고 했어. 그걸 알고 나서 갖가지 색깔의 문조가 집 안을 가득 채우고 날아다니는 광경을 상상했어. 어느 날 너희 형이 오더니 문조가 수컷인지 암컷인지 확인해주겠다면서 새를 하나씩 들고 궁둥이 근처에 있는 깃털을 입으로 후 불었어.

너희 형이 말했어.

"두 마리 다 수컷이네."

"그걸 어떻게 알아?"

"암컷은 궁둥이가 빨개."

나는 너희 형 말을 믿지 않았어. 내 생각엔 검둥이는 수컷이고 흰둥이는 암컷이었으니까. 그건 눈빛만 봐도 알 수 있었어.

흰둥이와 검둥이를 기르기 시작하면서 오빠와 나는 매일 저녁 교대로 새장을 집 안으로 가지고 들어왔어. 엄마는 그걸 몹시 싫어했어. 가끔씩 바퀴벌레가 딸려 들어왔거든. 오빠는 어쩔 수 없이 더 부지런히 바퀴벌레를 밟아 죽였고 나도 새들을 위해 바퀴벌레를 무서워하지 않으려고 노력했어. 물론 바퀴벌레도 우리의 공격에 대항해 새끼를 더 많이 낳으려고 노력했지. 납작하게 눌린 바퀴벌레의 시체를 보면 구역질을 참으며 걸음을 빠르게 옮겨 자리를 피했어.

우리는 바퀴벌레 시체를 위층의 샤오퉁텐 점집 쓰레기통에 몰래 가져다 버렸어. 우리 집 쓰레기통에 바퀴벌레 시체가 그득하게 담겨 있는 건 생각만 해도 토할 것 같았으니까 말이야. 그러다가 한번은 점집 쓰레기통에서 트럼프 카드를 봤어. 평범한 트럼프 카드가 아니라 외국 여자들의 누드 사진이 있는 트럼프 카드였어. 하트A 위에서 빨간 머리 여자가 빨간 매니큐어를 바른 손가락으로 괴상한 꽃잎 같은 자신의 그곳을 벌리고 있었어. 그걸 보자 얼굴이 불에 덴 듯이 달아올랐어.

어느 날 아침 눈을 떴는데 새소리가 들리지 않았어. 불길한 예감이 나를 훅 덮쳤어. 다락방에서 허겁지겁 뛰어내려 가보니 검둥이는 머리와 목이 사라진 채 하반신만 남아 있고 흰둥이는 다리가 사라진 채 상반신만 남아 있었어. 새장 속은 내장과 핏자국이 하나도 남아 있지 않고 누가 청소를 한 것처럼 깨끗했어.

아마 그때 내가 지른 비명 소리에 상가 사람들 모두가 아침잠을 설쳤을 거야. 나는 슬리퍼를 신고 허둥지둥 계단을 달려 1층에 있는 너희 집에 가서 철문을 두드렸어. 네가 부스스한 얼굴로 문을 열고 나와서 5분만 기다리라고 했던 것이 아직도 기억나. 나는 그럴 시간이 없다고 소리를 질렀지. 나는 네 아빠가 신발 밑창 붙이는 데 쓰는 강력 본드를 빌려가지고 다시 3층으로 뛰어 올라갔어. 당장 졸도할 것처럼 숨이 찼어. 내가 제일 좋아하는 연필로 강력 본드 깡통의 뚜껑을 열고, 부러진 연필로 본드를 푹 퍼내 흰둥이와 검둥이의 남아 있는 반쪽 몸의 단면에 발랐어. 어떤 곳은 너무 많이 바르는 바람에 깃털에 본드가 묻어 누렇고 검게 더럽혀졌지. 그때 난 각각 상반신과 하반신만 남은 새 두 마리를 붙이면 다시 온전한 한 마리가 될 거라고 믿었어.

"소용없어. 소용없다고!" 오빠가 옆에서 울며 외쳤어.

그때 넌 이렇게 말했어. 네가 각설탕을 몰래 훔쳐 먹었을 때 너희 엄마가 손목을 잘라버리겠다고 화를 냈어. 네가 손목을 자르면 새로 나느냐고 물었더니 너희 엄마는 새로 자라지는 않지만 강력 본드로 붙일 수는 있다고 했어. 그게 정말이냐고 물었더니 아빠가 신발 밑창을 붙일 때 쓰는 강력 본드는 뭐든지 다 붙일 수 있다고 했어. 물에 빠뜨리지만 않으면 절대 떨어지지 않는다면서.

너는 또 본드를 바르자마자 붙이지 말고 본드가 약간 마를 때까지 기다렸다가 붙인 뒤에 몇 분쯤 세게 붙잡고 있으라고 알려주었어.

그래서 나는 흰둥이와 검둥이에게 강력 본드를 바르고 입으로 호호 불었어. 반쪽만 남은 새의 몸에서 이상한 냄새가 났어. 그 냄새 때문에 새가 눈을 뜨지 못할까 봐 냄새를 날려 보내려고 더 세게 불었지. 몇 분 뒤에 본드로 붙인 새를 샤오란 언니가 준 하늘색 손수건으로 잘 감쌌어. 마술을 할 때는 아무것도 생각하지 말고 오로지 자기가 만들고 싶은 것만 생각하라는 마술사의 말을 떠올렸어. 마술사는 세상 모든 것을 다 잊어버리고 자기 마음속에 보이는 것이 진짜라는 것만 상상하라고 했어. 나는 눈을 감고 손수건 안에 있는 것이 살아 있는 새라고 상상했어. 손수건 안에 있는 것이 나의 흰둥이와 검둥이라고 말이야. 그 안의 시간이 천천히 거꾸로 흘러 어느 순간으로 돌아가고 있는 모습을 떠올렸어.

그런 다음 손수건을 펼쳤어.

변한 게 없었어. 흰둥이와 검둥이의 몸이 하나로 붙기는 했지만 흰둥이의 눈은 여전히 가늘게 감겨 있었어. 나를 쳐다보던 우수에 찬 눈을 볼 수 없었어. 새들이 나를 떠난 거야. 그 어떤 마술로도 돌이킬 수 없었어. 소낙비처럼 눈에서 눈물이 후드득 쏟아졌어. 뚝, 뚝, 뚝, 흰둥이와 검둥이의 깃털 위로 떨어졌어.

바로 그 순간 내 손에서 가느다란 떨림이 느껴졌어. 길기만 했던 겨울이 지나고, 어느 날 날씨가 갑자기 포근해지면 앙상하던 나무가 계절이 바뀐 줄 알고 움을 터뜨리는 그런 떨림 말이야. 검둥이의 발이 살짝 구부러지더니 흰둥이의 눈꺼풀이 파르르 떨리며 조금 벌어졌어. 눈꺼풀 사이로 갓난아기 같은 눈동자가 별처럼 빛났어. 나는 입술이 떨렸고 옆에 서 있던 오빠는 눈이 휘둥그레졌어. 오빠가 몽유병에 걸린 사람처럼 손을 내밀어 흰둥이와 검둥이를 만졌어. 그런데 그 순간 흰둥이의 눈이 별에서 유리로 변하더니 다시 나무토막처럼 빛을 잃어버렸어. 강력 본드의 효력이 사라졌는지 흰둥이와 검둥이가 떨어져 다시 절반의 몸들로 돌아갔어. 세상에는 한번 떠나면 돌아오지 않는 것들이 있는 법이지.

너희 형은 그때 흰둥이와 검둥이를 죽인 건 쥐가 아니라 고양이일 거라고 했어. 내장을 먹어치우고 피까지 말끔하게 핥아 먹을 수 있는 건 고양이뿐이라면서. 상가는 고양이 천지였어. 고양이들은 얕은 담장 위든 간판 틈새든 어디든지 다 돌아다녔고 옥상 네온 간판 아래나 변소의 청소 도구실 안에 새끼를 낳았어. 솜털이 보송보송한 고양이 새끼들은 한데 엉켜서 지낼 때는 새를 잡아먹으려는 마음보다는 새를 향한 호기심이 더 크지만 나중에 자라면 새를 잡아먹게 돼. 나는 고양이를 원망하진 않았어. 새를 잡아먹는 건 고양이의 본능이니까.

유일하게 후회스러운 건 흰둥이와 검둥이를 붙일 때, 마술사가 점쟁이를 막았던 것처럼 오빠의 손을 막지 못한 거야. 오빠가 새를 만지지 못하게 막았더라면, 어쩌면 정말로 그 마술의 시간은 방해받지 않았을지도 몰라.

탕씨 아저씨의 양복점

석 달 전 우리 형의 가게에 고양이 한 마리가 불쑥 들어왔다.

우리 옷가게는 오가는 사람이 많은 야시장에 있었다. 쉴 곳을 잘못 찾아든 고양이가 사람을 보고 놀라 숨을 곳을 찾아 뛰어다니다가 갑자기 훌쩍 뛰어오르더니 대형 에어컨 위로 올라갔다. 겁을 먹은 고양이는 에어컨 배관과 천장 사이의 좁은 틈을 보고는 날렵하게 비집고 들어갔다.

야시장에 있는 가게들은 새벽 1시까지 영업을 했다. 그런데 며칠이 지나도록 고양이가 내려오지 않았다. 형은 아침 6~7시쯤 아이를 학교에 데려다주러 가면서 일부러 셔터를 끝까지 닫지 않고 작은 틈을 남겨두었다. 그러면 고양이가 제 풀에 내려와 밖으로 나갈 수 있을 거라 생각했다. 하지만 고양이는 겁을 심하게 먹었는지 좀처럼 모습을 드러내지 않았다.

형은 에어컨 위에 놓아둔 물과 사료가 사라진 걸 보고 고양이가 아직도 천장 어딘가에 있다는 걸 확인했다. 어느 날 한 손님이 천장에 달린 에어컨에서 물이 떨어졌다고 했다. 자세히 살펴보니 고양이 오줌이었다. 형이 고양이 모래를 담은 상자를 에어컨 위에 올려두자 다행히도 고양이가 금세 모래 사용법을 배운 것 같았다. 나는 동물행동학에 따르면 고양이는 경계심이 많아 자신의 행적을 들키지 않기 위해 분비물을 모래 속에 파묻는 것이라고 형에게 설명해주었다.

시간이 지나자 고양이가 에어컨 근처로 나와서 조심스럽게 사료를 먹기 시작했다. 사료통이 잘강대는 소리와 형의 발소리가 들리면 망설이다가 밖으로 나와 사료를 먹었다. 사람에 대한 신뢰도가 아주 낮은 고양이였다. 한쪽 눈은 염증이 생겼는지 종종 감겨 있었고 털에는 벼룩이 잔뜩 붙어 있었다. 형은 수의사에게 고양이의 상태를 얘기하고 약을 받아와서는 먹이로 녀석을 안심시킨 후에 몰래 약을 발라주었다.

그 몇 달 동안 나는 시간이 있을 때마다 형의 가게에 들렀다. 내가 문을 열고 들어서자마자 하는 첫마디가 "고양이 잘 있어?"였다. 고양이가 밤에 가게로 내려올 수 있다는 내 얘기에 형은 벽에 계단식 선반을 달고 고양이가 누울 수 있도록 나무판을 놓아주었다. 심지어 고양이가 뜯으며 스트레스를 해소할 수 있도록 두꺼운 종이판을 붙여주고, 새벽 1시부터 오후 3시 사이의 긴 휴점 시간에 먹을 것이 부족할까 봐 가게 곳곳에 사료를 놓아두었다. 한편으로는 고양이가 문 앞으로 나오도록 유인하려는 의도도 있었다. 형이 새벽에 일어나 제일 먼저 하는 일은 여전히 셔터를 살짝 올려 고양이가 원한다면 바깥세상으로 나갈 수 있도록 틈을 내어주는 것이었다.

하지만 고양이는 옷가게 천장에 눌러앉기로 한 것 같았다. 녀석의 눈병이 조금씩 나아지고 벼룩도 점점 사라지자 털에 반지르르 윤기가 돌기 시작했다. 드디어 누군가에게 보살핌을 받고 있는 수고양이 같았다. 그렇지만 녀석이 믿는 사람은 여전히 우리 형과 어머니, 옷가게 점원 한두 명뿐이었다. 녀석은 언젠가부터 벽에 달아놓은 선반에 앉아 가게의 동정을 살피기 시작했다. 그러다가도 누가 변소를 빌려 쓰려고 가게에 들어오기라도 하면 쏜살같이 천장으로 올라갔다. 어머니가 계산대에 앉아서 밥을 먹고 있으면 두부나 생선이 탐나는지 머리를 쏙 내밀고 소리를 내기도 했다. 녀석은 계산대와 에어컨 실외기 사이에 있는 문의 블라인드 틈으로 얼굴을 내밀고 어머니를 쳐다보았다. 고양이에게 이름을 지어주지 않겠느냐는 내 물음에 어머니는 그 자리에서 '야옹이'라고 이름을 지었다. 야옹이는 점점 에어컨 배관 위에 비스듬히 누워서 잠을 자기도 하고 높은 곳에 앉아서 분주하게 오가는 점원들을 내려다보기도 했다. 가게에 불이 켜져 있을 때는 절대로 내려오지 않았지만 가게가 돌아가는 모습에는 호기심이 많은 모양이었다.

야옹이는 형과 어머니, 점원 한두 명이 사료 흔드는 소리와 다른 사람이 사료 흔드는 소리를 구별할 줄 알았다. 몇 주 전 형과 형수가 프랑스와 벨기에로 여행을 가는 바람에 내가 가게를 봐주기로 했다. 나는 형이 사료 흔드는 소리를 흉내 내며 야옹이를 불렀지만 녀석은 한 번도 모습을 드러내지 않았다.

신기하게도 야옹이는 형이 가게에 없다는 것을 알았을 뿐만 아니라 나와 형의 목소리를 구분할 줄 알았다. 형의 아들조차도 나와 형의 전화 목소리를 구분하지 못하는데 말이다. 하루는 야옹이가 잠깐씩 두 번 나와서 사료를 먹더니 풀이 죽어서 천장 안으로 들어갔다. 점원은 야옹이가 자신을 천장에서 살도록 허락해준 남자가 떠난 줄 알고 상심한 것 같다고 했다. 내가 사료 통을 흔들며 형의 말투를 흉내 내 "야옹아!" 하고 불렀지만 녀석은 모습을 드러내지 않았다. 아마도 천장 어디쯤에서 축축한 눈으로 나를 쳐다보고 있었을 것이다.

형이 돌아오자마자 처음으로 한 일은 사료통을 들고 야옹이를 부르는 것이었다. 형이 "야옹아!" 하고 부르자 녀석이 긴가민가했는지 천장에서 머리를 쏙 내밀고는 가늘게 울었다. 형이 "야옹아, 배 안 고프니?" 하고 묻자 녀석이 나와서 에어컨 옆에 웅크려 앉으며 한숨을 게워내듯 울었다. 열흘 동안 듣지 못한 형의 목소리를 기억하고 있었던 것이다.

형이 애틋한 말투로 말했다.

"야옹아, 배고프구나. 그렇지?"

그때 이후로 형은 야옹이가 떠날 거라는 생각을 하지 않았다. 야옹이가 형의 가게 천장에 산 지도 벌써 넉 달이 다 되어간다. 1년쯤 지나면 야옹이가 밑으로 내려오지 않을까 싶지만 어쨌든 야옹이는 아직도 천장에서 살고 있다.

나는 대학을 졸업하고 가족들과 떨어져 살기 시작한 후로 형과 대화를 나누는 일이 뜸해졌다. 형은 부모님의 청바지 가게를 물려받고 나는 법률 사무소에서 일하면서 서로의 생활이 너무 달라졌기 때문이다. 형은 결혼을 했고 나는 결혼을 하지 않은 것도 또 하나의 이유일 것이다. 어렸을 때는 형과 아주 친했다. 형이 읽는 책은 나도 따라서 읽었다. 홍콩 작가 니쾅의 SF 소설, 원루이안과 구룽의 무협 소설 등을 모두 그렇게 읽었다. 우리는 어렸을 적부터 오랫동안 한 가지 비밀을 공유해왔다. 불쑥 찾아온 야옹이가 나와 형 사이의 새로운 화제가 된 이후로 형도 나처럼 30년 전 그 일을 떠올렸을 것이라고 확신한다.

우리가 언제부터 친구였지? 아마 네가 일곱 살, 내가 여섯 살 때일 거야. 내가 여섯 살 때 우리 집이 중화상창으로 이사했으니까. 그때는 별로 친하지 않았지만 그래도 네가 기억나. 우리 둘의 집이 육교를 사이에 두고서 마주 보고 있었어.

너는 애동에 살았어. 그렇지?

우리 아버지는 원래 장물 시장에서 중고 가전제품을 사다 팔다가 친구 소개로 중화상창에 가게를 얻어 헌책방을 차렸어. 중고 가전제품을 팔다가 왜 갑자기 이윤도 남지 않는 헌책 장사로 바꾸었을까? 어머니는 아버지의 일방적인 결정이어서 이유를 잘 모른다고 했어. 가전제품을 팔기에는 점포가 너무 작은 데다가 마침 공짜로 헌책을 얻을 기회가 있었던 것 같아. 어머니에게 들으니 그 무렵 몇 년 정도 헌책 장사가 호황일 때가 있었고, 그렇게 번 밑천으로 그 뒤에 청바지 장사를 시작할 수 있었대.

너도 우리 집 헌책방 기억나지? 어른 한 사람도 몸을 옆으로 틀어야 들어갈 수 있을 만큼 좁았어. 네 평밖에 안 되는 공간에 책이 천장에 닿을 듯 가득 차 있었지.

그때 제일 잘 팔린 건 잡지, 무협 소설, 만화, 기보, 교과서, 영어 원서, 그리고 아버지가 다른 책들 사이에 숨겨놓은 《펜트하우스》와 《플레이보이》, 홍콩의 《룽푸파오龍虎豹》• 같은 성인 잡지였어. 해마다 개학 시즌이 헌책방의 대목이었어. 그때는 교과서를 몇 년에 한 번씩 개정했기 때문에 집안 사정이 넉넉하지 않은 학생들은 헌책방에서 교과서를 구입했으니까. 가끔씩 아버지 대신 책을 정리하다가 책 주인이 책 속에 남겨놓

• 1984년에 처음 발간된 홍콩의 성인 잡지.

은 글이나 그림, 책갈피 같은 걸 발견하기도 했어. 그중에 "하늘의 시련을 견디는 사람은 영웅이고 뭇사람의 질투를 받지 않는 사람은 필부다"라는 글이 아직도 기억나. 솔직히 얼간이 같은 소리지 뭐야. 이상한 문장에 밑줄을 그어놓은 독자도 있었는데, 또 다른 독자인 내가 보기에는 그 문장이 밑줄을 그을 만큼 가치가 있는지 의아했지. 간혹 책갈피에서 상상을 초월하는 물건들이 발견되기도 했어. 한번은 오랫동안 펼치지 않은 듯한 《바람과 함께 사라지다》를 펼쳤는데 그 안에 있던 종이처럼 얇게 눌린 바퀴벌레가 바람에 훽 날아갔지 뭐야.

아버지는 책을 별로 좋아하지 않았어. 적어도 내 기억에 아버지가 책 한 권을 끝까지 읽는 것을 본 적이 없어. 아버지는 책이 새로 들어오면 대충 훑어보고 가격을 매겼어. 밑줄을 긋거나 글씨를 써놓은 부분이 있는지 살펴보고 나서 마지막 페이지에 가격을 적었지. 책 가격도 제각각이고 정가 대비 할인율도 일정하지 않았어. 책을 얼마에 팔 것인지는 전적으로 아버지 마음이었지. 여름이 되면 아버지는 늘 러닝셔츠만 입고 에어컨이 없는 헌책방을 지켰어. 땀에 푹 젖은 옷 위로 뚱뚱한 몸집이 그대로 드러나고 젖꼭지도 훤히 비쳤어. 책을 배열하는 순서도 일정한 규칙이 없어서 새로 들어온 책을 아무렇게나 던져놓고 벽에 기대어 쿨쿨 잠을 자기 일쑤였어.

우리 집 옆은 탕씨 아저씨의 양복점이었어. 탕씨 아저씨의 양복점을 기억해? 키 크고 훌쭉한 탕씨 아저씨가 하던 양복점 말이야. 너희 집은 다른 동에 있었으니까 잘 기억하지 못할 수도 있어. 그때 상가에 사는 아이들은 사는 동에 따라 무리 지어서 놀았잖아. 언제부터인가 양복점의 옷감에 붙어 있는 작은 비닐 상표가 우리 동 애들의 장난감이 됐어.

탕씨 아저씨의 양복점에는 다양한 색깔의 양복천이 있었지. 옷감 두루마리를 줄지어 세워놓았는데 각 옷감마다 작은 비닐 상표가 붙어 있었어. 제조사에 따라 디자인과 영어 글씨가 모두 달랐는데 우리 동 애들은 누가 더 희귀하고 근사한 상표를 모으는지 경쟁을 했어. 학교에 다녀오다가 탕씨 아저씨의 양복점 안을 휘 한 바퀴 돌며 아저씨에게 새 상표가 있느냐고 물었지. 하지만 새로 풀린 옷감이 없는 날에는 새로운 상표도 없었어. 흔치 않은 상표일수록 점수가 높았어. 털실뭉치 세 개를 그리고 그 아래 '양모 권장'이라고 써놓은 상표도 있었어.

탕씨 아저씨가 이웃인 나와 형을 귀여워했기 때문에 흔하지 않은 상표는 늘 우리 차지가 되었지. 나한테 있던 상표 중에 외국인 얼굴이 금박으로 찍힌 상표 기억하니? 아이들이 그걸 몹시 부러워했잖아.

그래. 맞아. 오래됐는데도 정확하게 기억하고 있구나. 지금 생각해보면 탕씨 아저씨의 손님들은 상가의 여느 손님들과는 조금 달랐던 것 같아. 탕씨 아저씨의 손님들은 항상 양복을 입고 있었고, 서류 가방을 대신 들어주는 사람과 동행하기도 했어. 우리 눈에는 그들이 텔레비전 속에서 걸어 나온 듯 신기하게만 보였지. 탕씨 아저씨의 양복점은 우리 동에서 유일하게 고등학생 교복을 만들지 않는 양복점이었어. 참, 탕씨 아저씨의 가게에는 심지어 '문'도 있었어! 반투명한 유리가 달린 나무 문이었는데 당시 쓸모없는 문을 만들어 손님의 방문을 가로막는 가게는 상가 전체를 통틀어서 탕씨 아저씨의 양복점 밖에 없었어. 문이 항상 닫혀 있으니까 문을 두드려보지 않으면 양복점이 영업 중인지 아닌지 알 수가 없었어.

탕씨 아저씨는 가끔씩 우리 헌책방으로 책을 사러 왔어. 아저씨는 헌책방을 구석구석 자세히 둘러보며 사고 싶은 책을 골랐지. 아저씨가 산 책은 대부분 영어 원서였어. 나는 영어 알파벳도 몰랐으니까 책의 제목조차 알 수가 없었지만 어쨌든 아저씨가 영어를 읽을 줄 안다는 사실이 어찌나 신기하던지. 중화상창에서 영어를 읽을 줄 아는 사람은 콜롬비아 레코드 가게 주인아저씨밖에 없는 줄 알았거든. 탕씨 아저씨는 우리 집에서 산 책을 벽에 손수 매달아놓은 책꽂이에 꽂아놓았어.

아버지는 그 영어 원서들을 외국인의 집에서 사왔어. 대부분 양밍산陽明山과 톈무天母에 사는 미국인들이었지. 곧 대만을 떠날 외국인들이 집에 있는 책이며 가구, 옷을 거의 처분했기 때문에 중고품을 사려는 사람들이 그곳을 자주 찾았는데,

아버지도 그들 중 한 사람이었어. 이따금씩 죽은 사람이 남긴 책들도 있었는데, 그런 경우에는 싼 가격에 많은 책을 살 수 있었지. 가족들이 유품을 볼 때마다 죽은 사람 생각에 슬퍼질까 봐 싼 가격에라도 빨리 팔려고 했으니까 말이야.

그 무렵엔 탕씨 아저씨가 그 영어 책들을 읽는 걸 본 적이 없었어. 양복점 문이 항상 닫혀 있었으니까. 아저씨가 책을 읽는 것은 물론이고 양복을 만드는 것도 거의 보지 못했어. 아저씨는 완성된 양복을 주름 하나 없이 다려서 튼튼한 옷걸이에 걸고, 얇고 투명한 비닐을 씌운 뒤에 손님이 찾아가길 기다렸어.

그때는 나도 어른이 되면 탕씨 아저씨에게 양복을 맞추어야겠다고 생각했지.

하루는 친구들과 술래잡기를 하면서 숨을 곳을 찾아다니다가 양복점 문을 열어봤는데 잠겨 있지 않더라. 문을 열고 들어가보니 탕씨 아저씨도 화장실에 갔는지 없었어. 나는 작업대 맞은편에 있는 옷감들을 살짝 밀고 그 사이에 숨어서 옷감 사이 벌어진 틈으로 바깥을 살폈지. 상가에서 술래잡기를 하는 건 쉽지가 않았어. 가게마다 구조가 다른 데다가, 다들 상가 구석구석을 손바닥 들여다보듯 잘 알고 있었기 때문에 작정하고 숨어버리면 찾기가 쉽지 않았지. 한번 술래잡기를 하면 오후가 되어야 겨우 끝이 났어.

문이 닫힌 양복점은 무척 조용했어. 얇은 문 하나가 닫혔을 뿐인데 마치 바깥세상과 완전히 단절된 기분이었지. 너무 편해서였는지 나도 모르게 그 따뜻하고 조용한 옷감 속 세상에서 잠이 들고 말았어.

시간이 얼마나 지났을까, 꿈과 현실의 몽롱한 경계에서 미싱 옆 탁자 앞에 앉아 있는 탕씨 아저씨가 보였어. 나갈까 말까 망설이고 있는데 탁자 위에 고양이 한 마리가 앉아 있는 게 아니겠어? 나중에 아이들에게 물어보았지만 탕씨 아저씨가 고양이를 기른다는 건 아무도 모르는 일이었지. 털이 길고 새하얀 고양이는 흰 그림자처럼 앉아서 아저씨가 기타 피크를 닮은 납작한 초크로 옷감 위에 줄을 긋는 걸 조용히 응시하고 있었어. 아저씨가 간간이 손을 멈추고 고양이를 쳐다보면 고양이도 미동도 없이 아저씨를 쳐다보았지. 서로의 안부를 묻는 것처럼 말이야. 탕씨 아저씨가 고양이에게 물었어.

"네가 보기엔 어때?"

나는 깜짝 놀랐어. 고양이가 정말로 대답을 하려는 것처럼 보였거든.

아니, 고양이는 정말로 대답을 했어.

"야옹" 하고 울며 초록색 눈동자로 아저씨를 쳐다보았을 뿐이었지만 옆에서 보면 입이 미소를 짓고 있는 것 같았어. 그러자 아저씨가 흡족한 미소를 지으며 옷감에 계속 줄을 그었어. 아저씨는 고양이에게 몇 번이나 물어보고 확인한 후에 분필로 그어놓은 선을 따라 가위로 옷감을 잘랐어. 탕씨 아저씨가 가위질하는 건 그때 처음 봤지. 그때 내가 본 광경을 어떤 말로 표현해야 할지 모르겠어. 나는 지금까지도 가위질을 그렇게 아름답고 리듬감 있게 하는 사람을 본 적이 없어.

그때 나는 일곱 살이었고 탕씨 아저씨가 몇 살이었는지는 모르겠어. 아버지에게 물으니 아마 예순은 넘었을 거라고 하더라. 아저씨가 30대에 중국에서 배를 타고 대만으로 넘어왔다고 했으니까 대충 계산해보면 그 정도였던 거 같아. 하지만 아저씨가 가위를 들어 올렸던 순간에는(정말로 가위를 '들어 올렸어.' 가위가 하는 말을 들으려는 듯 가위를 귓가까지 올렸으니까 말이야) 20대 청년이라고 해도 믿을 만큼 동작이 유연했어. 아저씨의 몸이 노래를 부르는 것처럼. 아니, 내 귀에 정말로 환청이 들렸던 것 같아. 하지만 양복점에는 사각거리는 가위 소리 외엔 아무 소리도 없었지. 흰색 그림자 같은 흰 고양이도 아저씨의 가위질만 조용히 쳐다보고 있었어. 가위가 지나간 자리마다 칼라, 안주머니, 소매의 모양이 만들어졌어.

재단이 끝나자 아저씨는 미싱에 앉아 발판을 밟으며 잘라낸 옷감들을 서로 붙였어. 그랜드 피아노 앞에 앉아 있는 피아니스트 같았지. 물론 나는 피아니스트의 피아노 연주를 본 적은 없었지만 우리 집에서 악보를 팔았고 책에서 그랜드 피아노를 본 적도 있었어.

바늘이 위아래로 움직일수록 점점 옷의 형태가 잡혀갔

어. 아저씨가 미완성의 옷을 들고 자기 몸에 대보더니 고개를 돌려 고양이에게 물었어.

"네가 보기엔 어때?"

고양이가 또 대답을 하듯 야옹 하고 울었어. 그 소리가 배 속에서 올라오는 것처럼 순간 고양이의 배가 살짝 홀쭉해졌어.

어떤 소설에서 "모든 사랑에는 시작점이 있다"라고 했지. 그 시작점이 성냥의 앞머리처럼 작고 연약하다 해도 말이야. 날 사랑하는 여자에게 키스를 하는 것과 날 사랑하지 않는 여자에게 키스를 하는 것, 이 둘의 가장 큰 차이가 뭘까? 내 생각에는 말이지, 나를 사랑하는 여자에게 키스를 할 때는 여자의 아랫배가 홀쭉해지며 소리가 난다는 거야.

지금 생각해보면 고양이는 양복을 만드는 아저씨에게 완전히 몰입했던 것 같아. 시간이 멈춘 것처럼 말이지. 그런데 고양이가 이상한 낌새를 챘는지 내가 숨어 있는 곳을 향해 고개를 홱 돌렸어. 옷감 사이로 고양이의 초록색 눈빛이 나와 마주쳤어. 그 순간 고양이의 눈동자에 차올랐던 두려움을 지금도 잊을 수가 없어. 고양이가 공기를 가르는 날카로운 울음소리와 동시에 책장 위로 뛰어오르더니 책장과 천장 사이 틈새로 자취를 감추었어.

탕씨 아저씨가 다가와 옷감을 걷고 그 속에 숨어 있는 나를 발견했어.

"네가 왜 여기에 있느냐?"

나는 난처하게 웃었어.

"죄송해요. 술래잡기를 하다가 문이 열려 있어서 들어왔어요."

아저씨는 화를 내지는 않았지만 아버지가 걱정하실 거라면서 어서 집에 가라고 했어.

내가 물었어.

"방금 전 그 고양이는 아저씨가 기르는 거예요?"

"그렇기도 하고 아니기도 해. 1년 전에 고양이가 제 발로 찾아오더니 천장에 살면서 나가질 않는구나. 녀석이 낯가림이 심해서 자기가 천장에 살고 있다는 걸 아무에게도 말하지 말라고 했어."

아저씨에게 죄송하고 고맙다고 인사를 하고 나와 보니 벌써 날이 어두워져 있더라. 우리 집에는 아무도 없었어. 모두들 내가 없어졌다며 찾으러 나갔던 거야. 그날 밤 아버지에게 매를 맞았어. 아마 내 인생에서 제일 심하게 두들겨 맞은 날일 거야.

그날 밤 탕씨 아저씨의 양복점 천장에 흰 고양이가 살고 있다는 걸 형에게 얘기했어. 그건 나와 형, 탕씨 아저씨의 비밀이 되었지. 고양이는 평소에는 내려오지 않고 천장 어딘가에서 잠을 잤어.

신기하게도 고양이는 탕씨 아저씨가 가위를 잡기만 하면

어디선가 내려와 옆에 앉았어. 고양이는 아저씨가 가위질하는 동작과 미싱 돌리는 소리를 좋아했던 것 같아. 하지만 탕씨 아저씨는 하루 중 많은 시간을 작업대에 앉아서 책을 읽으며 보냈지. 아저씨는 우리가 이웃에 있으니 책을 편하게 살 수 있어서 좋다고 했어. 아버지는 가끔씩 아저씨의 부탁으로 서점에 새 책을 주문하기도 했어. 어떻게 영어를 읽을 줄 아느냐고 아저씨에게 물었더니 자세한 설명은 해주지 않고 젊었을 때 어떤 사람에게 영어를 배웠다고만 말했어.

고양이 이름이 뭐냐고 물으니 아저씨가 대답했어.

"야옹이란다."

탕씨 아저씨는 양복점에서 혼자 살았어. 처자식이 있는 흔적도 없고 사진도 한 장 없었지. 아저씨에게 있는 건 책꽂이에 있는 책들과 천장에 사는 고양이뿐이었어. 그 고양이가 양복점에서 살게 된 것도 1년밖에 안 됐었지.

아저씨는 가끔씩 제일가양춘면에서 닭다리를 사다가 가늘게 살을 발라내 고양이에게 주었어. 나도 가끔씩 아저씨가 잘라놓은 닭고기를 몰래 집어 먹었어. 아저씨가 닭다리를 자르고 있으면 고양이가 어떻게 알았는지 천장 틈으로 머리를 빼끔히 내밀었어. 고양이는 차츰 우리 형제에게 익숙해졌는지 예전처럼 우릴 경계하지 않았어. 야옹이는 주인의 사랑에 게을러진 애완동물 같지도 않았고, 생존에 대한 절박함 때문에 아름다움을 잃어버린 길고양이 같지도 않았어. 야옹이는 신비한 초록색 두 눈을 크게 뜨고 앉아서 탕씨 아저씨를 응시했지. 아저씨는 고양이 털이 옷감에 묻을까 봐 한눈에도 비싸 보이는 천으로 야옹이를 위한 특별 관람석을 만들어주었어.

야옹이를 바라보는 아저씨의 눈빛은 평소와 완전히 달랐어. 겨울밤 나와 형이 자다가 깼을 때 우리에게 이불을 덮어주는 어머니의 눈빛과 비슷하달까.

그러던 어느 날 탕씨 아저씨가 우리 집으로 허겁지겁 뛰어왔어. 고양이가 없어졌다는 거야. 아저씨의 양복점에 고양이가 있었다는 걸 처음 안 이웃들은 천장에 살고 있던 고양이가 아무도 모르게 양복점을 떠난 거라고 생각했지만 아저씨는 고양이가 떠난 게 아니라 천장 어딘가에서 무슨 일이 생긴 게 틀림없다고 했어.

나와 형도 아저씨와 고양이의 애틋한 사이를 알고 있었으니까 고양이가 그렇게 갑작스럽게 떠날 리는 없다고 생각했어. 하지만 만약 천장 어딘가에 있다면 갑자기 보이지 않을 리가 없잖아? 그래서 궁리 끝에 상가에 사는 아이들을 모아 몇 조로 나누어 고양이를 찾아보기로 했어. 그건 탕씨 아저씨의 양복점에 고양이가 있다는 비밀을 공개적으로 떠드는 것이나 다름없었어. 형은 아이들에게 옥상의 광고판이나 2층에 달려 있는 간판처럼 사람의 발길이 잘 닿지 않지만 고양이가 좋아하는 곳을 빠짐없이 찾아보라고 시켰어. 나는 아저씨에게 닭

다리를 잘라서 양복점 문 앞에 놓고 문을 열어놓으라고 했어. 그런데 아저씨는 문을 열지 않겠다고 했어. 고양이가 양복점 안 어딘가에 있을 텐데 문을 열어놓았다가 도망치면 어떻게 하느냐면서 말이야.

하지만 아저씨가 아무리 가위 소리를 내고 미싱을 돌려도 고양이가 내려오지 않았으니까 아저씨도 점점 초조해졌어. 아저씨의 가위 소리가 평소와 완전히 달라서 설령 고양이가 천장에서 그걸 듣는다 해도 나오지 않을 것 같았어.

고양이 수색 작업은 밤 9시까지 계속됐어. 상가의 아이들이 부모에게 불려 들어가 잠자리에 들 시간이었지. 나와 형도 얌전히 집에 들어가기는 했지만, 자는 척하며 부모님이 깊이 잠들기를 기다렸다가 몰래 집을 빠져나와 고양이를 찾아다녔어. 형이 무슨 생각을 하고 있는지 알 수는 없지만 아무도 없는 텅 빈 상가를 경험하는 것도 나쁘지 않다고 생각했어. 모든 점포가 문을 닫은 상가는 내가 아는 상가의 모습과 완전히 달랐어. 양쪽 끝 계단을 어슴푸레하게 비추는 백열등 불빛, 얼룩덜룩하게 칠한 파란색 철문, 밖으로 내걸려 있는 빨래, 바닥에 나뒹굴고 있는 담배꽁초, 한밤중 도시의 선선한 바람…. 우리 둘은 이런 상가에서 야옹이의 특별한 울음소리를 흉내 내며 그 흰 그림자가 어느 외진 구석에서 걸어 나오길 기다렸어.

우리는 5동을 중심으로 상가를 한 바퀴 빙 돌고 나서 집으로 돌아왔어. 육교를 건너는 동안 서로의 손을 꼭 잡고 두려움을 공유했지. 어둠 속 어딘가에서 누가 우리를 쳐다보고 있는 것 같았어. 서로의 손바닥에서 느껴지는 축축한 땀의 감촉으로 두려움을 떨쳐내려 애썼어.

집에 도착해 양복점을 보니 나무문의 반투명 유리에서 은은한 노란빛이 흘러나오고 있었어. 아저씨가 아직도 가위를 들고 야옹이를 부르고 있는 걸까, 아니면 양복을 만들고 있는 걸까? 아니. 소리가 달랐어. 묵직한 무언가가 나무를 두드리는 둔탁한 소리였어. 우리는 서로를 쳐다보다가 섬뜩한 기분에 허겁지겁 집으로 들어와 이불 속으로 숨었어.

다음 날 아침 나와 형은 무거운 눈꺼풀을 들어 올리며 아침을 먹고 집을 나섰어. 그런데 탕씨 아저씨의 양복점 앞에 사람들이 모여 웅성거리고 있었어. 양복점 문도 떼어져 옆에 기대어 있었지. 그런데 자세히 보니 양복점의 천장이 보이지 않는 게 아니겠어? 천장의 나무판이 전부 부서져 골격만 남아 있고 양복점 안의 나무 칸막이까지 전부 부서져 있었어. 아저씨의 작업대, 미싱, 옷감 두루마리들 외에 작은 것이 숨을 수 있을 만한 공간은 모두 헤집어져 있었지. 책꽂이와 책들만 그 자리에 온전히 남아 있었고, 그 옆으로 완성된 양복 몇 벌이 벽에 걸려 있었어. 그중 진회색 양복은 나도 아는 옷이었어. 탕씨 아저씨가 "내가 떠날 때 입을 거란다"라며 직접 입으려고 만든 옷이었어.

그 어떤 양복도 입을 수 없을 만큼 야윈 탕씨 아저씨가 작업대 앞에 앉아 있었어. 아무것도 판단할 수 없을 만큼 지쳐 보였어. 가위를 들고 음악을 연주하듯 자신만만하게 옷감을 자르던 탕씨 아저씨는 40년 전에 사라진 것처럼. 재단 가위는 한쪽에 나뒹굴고 있었고, 그걸 봐주는 고양이도 없었어.

나는 그 이야기를 들으며 오래된 극장의 맨 뒷줄에 앉아서 화질이 흐릿한 영화의 한 장면을 보고 있는 기분이 들었다. 어릴 적 옷감 상표를 모으는 놀이를 했던가? 우리 동에 사는 아이들이 모두 상표를 모았던 기억은 있지만 내게 어떤 모양의 상표가 있었는지는 하나도 기억나지 않았다.

"상가가 철거될 때까지도 그 고양이는 돌아오지 않았지?"

그가 말했다.

"응. 돌아오지 않았어. 탕씨 아저씨는 그 이듬해에 돌아가셨어."

나는 어릴 적 우리에게 '혀 짧은 애'라고 불렸고 지금은 레이로 불리는 옛 친구에게서 내 몸에도 나타나고 있을 노화 현상을 보았다.

레이가 말했다.

"그래도 그 일을 얘기할 수 있어서 참 기뻐. 그 일을 겪으면서 나도 어딘가 모르게 변한 것 같아."

"참, 탕씨 아저씨의 유품들은? 어떻게 처분했는지 알아?"

"아저씨가 유서를 남기지 않아서 남아 있던 것들은 대부분 아저씨와 함께 화장했어. 우리 아버지가 아저씨의 책들을 상자에 담으면서 읽지 않은 책들 몇 권도 함께 넣어서 화장장 직원에게 주었지."

레이는 잠시 침묵했다가 다시 말을 이었다.

"이 일과는 관계가 없지만 하고 싶은 얘기가 있어. 나중에 우리 아버지가 바람을 피웠어. 나는 뚱뚱하고 땀을 비 오듯 흘리는 헌책방 주인을 좋아하는 사람이 있다는 걸 도무지 이해할 수가 없었지. 어머니는 오랫동안 우울해하다가 헌책방에 있는 책들을 전부 팔아서 그 돈으로 청바지 가게를 차렸어."

나는 무슨 말을 해주어야 할지 생각이 나지 않았다. 그런데 문득 중요한 단어 하나가 등장하지 않았다는 걸 알았다.

"그런데 탕씨 아저씨와 고양이 얘기는 하면서 마술사 얘기는 왜 안 하는 거야? 난 육교에 있던 그 마술사에 관한 얘기를 듣고 싶다고 했잖아."

"어, 그렇구나. 정말 마술사 얘기를 안 했네." 레이가 나를 쳐다보았다. "그런데 마술사가 무슨 상관이야?"

"아무 상관도 없지." 나는 나만 들을 수 있는 목소리로 말했다. "아무 상관도 없지."

물처럼 흐르는 빛

건물 전체가 각 층마다 각양각색의 미니어처로 가득 차 있는 것을 보고 나는 무척 놀랐다. 기이한 시공 속으로 들어온 듯 어디서부터 보아야 할지, 어디서부터 생각해야 할지 알 수가 없었다. 아카의 아내 칼로가 돋보기를 건넸다. 돋보기를 들고 사방을 둘러보며 나는 더욱 아무 말도 할 수가 없었다. 방 한가운데 있는 긴 테이블은 마치 중세 유럽의 돌길 같았고, 그 길 양쪽으로는 상가가 줄지어 서 있었다. 길 위의 말, 길 옆의 측백나무 등등 어느 하나 진짜 같지 않은 것이 없었다. 길과 길 사이에는 다리가 있었고, 다리 위에는 산책을 하는 연인까지 있었다. 연인이라고 단정하는 것은 나란히 걷고 있는 두 사람에게서 자연스러운 연인 같은 분위기가 풍겼기 때문이다. 정말 불가사의했다. 단지 작은 인형 두 개일 뿐인데. 조용한 길 옆에는 노르스름하고 사악한 눈동자에 녹색 비늘을 가진 악룡이 날개를 펼친 채 서 있었다. 내가 알고 있는 용인 것 같은데 어디서 보았는지 기억이 나지 않았다. 용의 자세는 위협적이라기보다는 질문하려는 몸짓에 가까웠다. 불을 내뿜으려는 건 절대 아니었다. 왜 그런 느낌이 들었는지는 나도 모르겠다. 그 옆에 조각상과 돌기둥이 있는 바로크풍의 집이 있었다. 작은 창문을 통해 복숭아나무로 만든 커다란 수납장과 태피스트리, 복고풍 가구가 보였다. 책장에는 스탕달, 제인 오스틴, 사바티니, 알렉상드르 뒤마, 콘래드 등의 책이 꽂혀 있고, 테이블 위에는 수선화를 닮은 식물이 놓여 있었다…. 물론 이것들도 모두 미니어처였다. 진짜 식물도 아닌데 잎사귀가 물을 한껏 머금은 것처럼 파릇파릇했다.

돌길을 따라 조금 더 가보니 네모난 시멘트 상자가 놓여 있었다. 옆에 있는 미니어처 집들과 거의 똑같은 크기였다. 칼로가 전깃줄처럼 생긴 마이크로 카메라를 주며 렌즈를 그 안에 집어넣어보라고 했다. 약 0.5센티미터쯤 되는 작은 구멍에 렌즈를 집어넣자 모니터에 내부 모습이 나왔다. 구멍 속에는 굴이 구불구불하게 이어져 있었는데, 마치 누가 설계해놓은 것처럼 갈림길 하나 없이 어디론가로 향하고 있었다. 게다가 놀랍게도 굴의 폭은 모두 일정했다. 그게 개미굴이라는 걸 문득 깨달았다.

그리 크지 않은 키에 말할 때 시선을 다른 곳에 두는 버릇이 있는 칼로가 아무 감정도 얹지 않은 말투로 말했다.

"현실 세계를 정교하게 복제하는 건 아카의 일생 최대 꿈이었어요."

그렇게 말한 뒤 그녀는 바로크풍 집 안에 이쑤시개 같은 것을 집어넣었다. 그녀가 그 이쑤시개 같은 것으로 집 안에 있는 작은 턴테이블의 바늘을 레코드판 위에 올려놓자 놀랍게도 바흐의 〈음악의 헌정〉이 흘러나왔다. 나는 속으로 조용히 탄식했다.

아카는 초등학생 시절 나의 적수였다. 나는 수묵화 대회, 수채화 대회 등 각종 사생 대회에 학교 대표로 참가했지만 한 번도 참가하지 못한 대회가 있었다. 바로 금속 공예 대회다. 금속 공예 대회에는 매번 아카가 학교 대표로 뽑혔다. 금속 공예 대회라고는 하지만 초등학생이기 때문에 금은 같은 귀금속으로 공예를 하는 것이 아니라 빈 음료캔을 여러 가지 형태로 오려내는 것이었다. 대부분의 아이들은 기껏해야 엉성해 보이는 자동차나 꽃, 이름을 알 수 없는 식물을 만드는 게 고작이었지만 아카는 헤이쏭 사르시 캔 하나를 가지고 탱크를 만들고, 심지어 코카콜라 캔으로 마차를 만들기도 했다. 지금 생각해보면 그건 정말 대단한 재능이었다. 아카는 사물의 표면을 한눈에 꿰뚫어 보고 알루미늄 캔으로 똑같이 만들어낼 줄 알았다. 나는 그의 재능을 질투했다. 나의 재능이 2차원적이라면 그의 재능은 3차원적이라고 생각했다.

칼로가 커피를 가져오겠다며 아래층으로 내려간 사이에 나는 집 전체를 둘러보았다. 단독 주택 1층에는 닛산 마치 한 대와 여러 가지 공구들이 놓여 있었고 도도라는 이름의 하얀 똥개도 기르고 있었다. 2층은 칼로와 아카의 침실과 주방이었고, 내가 구경하고 있는 3층에는 칸막이 없이 탁 트인 약 40평의 공간에 긴 테이블 몇 개가 놓여 있었다. 미니어처는 그 테이블들 위에 있었다. 하지만 이것으로는 온전히 묘사했다고 할 수 없다. 미니어처들이 아무렇게나 놓여 있는 것이 아니라 공간 배치와 조명을 통해 구간마다 어떤 '풍경'을 이루고 있었기 때문이다. 일정한 거리마다 풍경이 바뀌고 분위기가 전환되도록 정교하게 설계되었다는 것을 알 수 있었다.

칼로가 문 앞에 있는 테이블에 커피 잔을 내려놓았다. 우리는 어떤 화제로 대화를 시작해야 할지 몰라 한참 동안 방안을 둘러보기만 했다. 내가 먼저 침묵을 깼다.

"참 신기한 방이에요. 아카의 일생이 담긴 결정체 같군요. 여길 공개할 생각은 없나요?"

칼로가 고개를 저었다. 한 번도 슬픔을 겪어보지 않은 사람처럼 그녀는 입가에 또렷한 미소를 지었다. 그녀는 내가 모르는, 초등학교 졸업 후 아카의 이야기를 들려주었다.

아카는 열한 살 때부터 미니어처를 만들었다고 했어요.

아카의 아버지가 VCR을 사고 처음으로 조지 루카스의 〈스타워즈〉를 빌려 오셨대요. 〈스타워즈〉가 1977년에 개봉했으니까 개봉한 지 4년이 지났을 때였어요. 아카는 그 영화를 보고 밀레니엄 팰콘에 매료되었죠. 나중에 그 우주선은 SF 역사상 가장 섹시한 우주선으로 뽑혔어요. 우주선을 섹시하다고 표현하는 걸 상상할 수 있어요?

아카는 밀레니엄 팰콘이 정말로 섹시하다고 했어요. 영화를 보고 나서 알루미늄 캔으로 그걸 만들어보려고 했대요.

〈스타워즈〉가 바로 미니어처 기술로 찍은 영화예요. 실제와 똑같이 만든 미니어처를 이용해서 우주 전쟁 장면을 촬영했죠. 광활한 우주에서 벌어지는 전투처럼 보이지만 사실은 실내 스튜디오에서 만들어낸 장면이에요. 오색영롱한 우주의 광선도 물론 만들어낸 거예요. 광선을 통제하는 게 쉽진 않았지만요. 빛을 미니어처에 비춰서 관객들에게 실제 같다는 착각을 일으켜야 했어요. 이렇게 미니어처를 이용해서 실제와 흡사한 공간을 만드는 기술을 물리적 특수 효과라고 해요. 영화사가 이 영화에 기대를 하지 않았기 때문에 조지 루카스가 자기 개런티를 포기하는 대신 영화에 대한 소유권을 가졌어요. 결과적으로 루카스는 〈스타워즈〉에서 파생된 게임, 완구, 수집품으로 수십억 달러의 개런티를 벌어들였죠. 이 모든 것이 미니어처에서 시작된 일이에요. 아카는 루카스의 원대한 안목과 놀라운 상상력이 감탄스럽다고 했어요.

점차 컴퓨터 그래픽 기술이 보급되면서 미니어처 예술도 내리막길을 걸었지만 아카는 기억을 구체적으로 남길 수 있는 건 역시 정교한 미니어처뿐이라고 생각했어요. 디지털 기술은 전위 신호일 뿐이고 전위 신호는 실체적인 것을 보존할 수 없다고 했죠.

당신이 〈스타워즈〉의 팬인지는 잘 모르겠지만 〈블레이드 러너〉 같은 진정한 SF 명작들과 비교하면 '스타워즈' 시리즈의 내용은 단순해요. 루카스 자신도 그렇게 생각했죠. 그가 매료되었던 건 영화 속 우주를 작은 스튜디오 안에 축소해놓은 기술이었어요.

당신도 알고 있겠지만 1975년 루카스는 〈스타워즈〉를 촬영하기 위해 '인더스트리얼 라이트 앤 매직'이라는 회사를 설립했어요. 이 회사가 나중에 미니어처 제작 분야의 대표적인 회사가 되었죠. 할리우드 산업인 셈이에요. 아카는 이것이 인류 예술사의 중요한 성과라고 했어요. 아카가 샌프란시스코에서 시각 예술을 공부할 때 직접 만든 미니어처를 가지고 인더스트리얼 라이트 앤 매직에 가서 훈련할 기회를 달라고 부탁했대요. 그를 면접한 담당자가 그의 작품을 마음에 들어 하며 그를 채용했죠. 어떤 작품이었느냐고 물었더니 아버지의 자전거를 본뜬 미니어처였는데 지금은 어디로 갔는지 모르겠다고 하더군요.

아카는 인더스트리얼 라이트 앤 매직에서 일했을 때의

이야기를 자주 했어요. 그를 훈련시킨 선배 기술자는 미니어처 기술자가 갖추어야 하는 능력은 하나밖에 없다고 했대요. 바로 눈을 감고 상상해낸 세계를 구체적으로 실현시킬 수 있는 능력이죠. 쉽게 말해서 머릿속에 떠오른 것을 실제로 구현할 수 있는 능력이에요. 아카는 훌륭한 기술자는 바깥 담장의 타일이 떨어진 것과 욕실의 타일이 떨어진 것이 다르다는 걸 알고 있다고 했어요. 습기의 발생 원인과 습기가 스며드는 속도가 다르기 때문이죠. 또 교각의 시멘트 기둥은 가로로 갈라지고 건물의 시멘트 기둥은 세로로 갈라져요. 자동차가 다리를 지나갈 때 중력으로 인해 생기는 압력과 미는 힘 외에 자동차 속도로 인해 당기는 힘이 생기기 때문이에요. 녹슨 자국도 동상인지, 철근인지, 수도 파이프인지, 철문인지에 따라 각기 다른 특징이 있는데 이걸 절대로 혼동하면 안 된다고 했어요. 인더스트리얼 라이트 앤 매직의 기술자들은 실험실에서 현실 세계의 경험들을 가지고 재료를 반복해서 칠하고 시험한다더군요. 나무토막으로 담장을 만들고, 이끼로 초원을 만들고, 투명한 쓰레기 봉지로 광선에 변화를 주어 기후를 바꾸죠. 또 위스키로 에메랄드빛 호수를 만들고, 실리콘으로는 얼음을 만들고, 나무는 털실을 감아 만들고요. 당신은 믿지 못하겠지만 나는 아카의 이런 마술을 눈으로 직접 보았어요.

아카가 인더스트리얼 라이트 앤 매직을 떠난 건 더 이상 배울 게 없었기 때문이 아니라 루카스를 참을 수 없었기 때문이에요. 그가 작은 세계 속에 우주를 만들었던 때의 원대한 안목을 잃었다고 판단했죠. 대만으로 돌아온 뒤에는 외국 영화 제작에 쓸 미니어처나 온라인으로 고객에게 의뢰받은 미니어처를 만들었어요. 우리가 만난 게 바로 그때였어요. 아카가 우리 집에서 여러 가지 굵기의 붓을 사 갔어요. 우리 아버지는 지금도 손으로 붓을 만드세요. 그 분야에서는 유명한 편이죠. 아카에게 왜 우리 집에서 파는 붓을 좋아하느냐고 물었더니 우리 아버지가 만든 붓은 살아 있다고 했어요. 살아 있는 붓으로 칠해야 살아 있는 색깔이 나온다면서. 나중에 알고 보니 아카의 아버지가 예전에 중화상창 3층에서 글씨집을 하셨대요. 만련輓聯•이나 춘련春聯••, 개업이나 결혼을 축하하는 글귀를 써서 파는 가게였어요. 붓에 대한 아카의 남다른 집착은 그 때문이었던 거예요.

아카가 귀국했을 때 중화상창은 이미 철거되고 없었어요. 중화상창의 마지막을 사진으로 남기지 못한 걸 아쉬워했죠. 시간이 흐르면서 많은 기억들이 재가 되어 연기처럼 날아가버렸다고 생각했어요. 그러다가 몇 년 동안 자료를 수집하더니 10년 전부터 중화상창의 미니어처를 제작하기 시작했어

• 죽은 사람을 애도하는 글귀를 대구로 써서 붙이게 만들어놓은 종이. 우리나라의 만장輓章과 유사하다.

•• 음력설에 평안을 바라는 글귀를 대구로 써서 문에 붙이도록 만들어놓은 종이.

요. 그때 이미 아카의 폐는 화학 페인트를 너무 많이 흡입한 탓에 병변이 시작되고 있었어요. 얼마 후 그의 아버지가 돌아가셨죠. 가족을 부양해야 한다는 부담이 사라지자 아카는 모든 수입을 자신에게 쓸 수 있게 됐고 그때부터 벽돌, 기와, 점포 하나하나까지 직접 손으로 만들기 시작했어요. 하지만 총 여덟 동 중 네 동 반밖에 만들지 못하고 작년에 세상을 떠났어요. 당신이 아카를 찾는 전화를 걸었을 때, 그가 미니어처를 제작하고 있다는 걸 당신이 아는 줄 알았어요. 이 일을 아는 사람이 이 세상에 나밖에 없는 줄 알고 있었기 때문에 무척 놀랐죠.

"그래서 지금 미니어처는 어디에 있죠?"

"4층에요."

"볼 수 있나요?"

"그걸 보러 오신 게 아니었나요?"

그날 아카의 집 3층에서 4층으로 올라가던 때를 가끔 떠올리곤 한다. 어떤 냄새가 집 안 어두운 구석에서 은은하게 흐르며, 곰팡이 냄새가 눅진하게 들러붙은 그 아파트가 환하게 빛나는 것 같았다. 중화상창 양쪽 끝에 있던 계단이 떠올랐다. 어두컴컴하고 기름때에 찌들어 있던 그 계단. 어린 적 슬리퍼를 신고 파닥파닥 오르내리던 그 계단 말이다. 계단 끝에 서면 하늘을 볼 수 있었다.

아카의 집 4층 문이 열리는 순간 내가 느꼈던 떨림은 지금 돌이켜 생각해봐도 재차 마음을 휘감는다. 마치 나의 유년 시절이 축소되어 눈앞에 펼쳐지는 것 같았다.

중화상창의 미니어처가 긴 테이블 위에 놓여 있었다. 상가가 철거되기 전과 똑같았다. 칼로는 상가의 각 동이 아직 완벽하게 완성된 것은 아니라고 했다.

“몇몇 점포들은 정확한 위치가 전혀 생각나지 않는다고 했어요. 상가의 옛날 사진들을 수집하고 인터넷으로 당시 상가의 사진을 수소문하고 노인들을 찾아가 물어보았지만 사진에 사각지대가 많고 노인들의 기억도 정확하지 않았어요. 점포들의 위치가 실제와 조금 다를 수도 있어요.”

“저도 기억이 어렴풋하군요. 어떤 가게는 정확히 기억이 나지만 어떤 가게는 기억이 안 나요.”

완성된 네 개 동의 상가는 무척 세밀하고 정교했다. 육교만 보아도 육교 위의 껌 자국까지도 표현되어 있었고, 부식된 알루미늄 난간도 실제와 똑같았다. 돋보기로 충동부터 애동까지 들여다보았다. 작은 점포들의 위치가 점점 내 기억 속에서 떠올랐다. 충동부터 애동까지는 비교적 완전했지만 신동은 뼈대만 완성되어 있었다. 애동과 신동 사이의 육교가 완성되지 않았으므로 신동은 그저 색을 칠한 ‘반죽 덩어리’에 불과했다. 그 덩어리 위에 어설프게 빚은 사람들이 있었다. 나는 마술사 주위에 모여들어 구경하고 있는 아이들 속에서 나를 발견했다.

불가사의했다. 색을 칠하지도 않은 미니어처에서 20여 년 전 자신을 알아볼 수 있다는 사실이 말이다. 나는 숨을 크게 들이마셨다.

그 '반죽 덩어리'뿐인 신동이 나를 매료시켰다. 상가 전체에서 점포 하나가 미리 완성되어 있었다. 아카가 이 점포를 '지표'로 삼았던 것이다. 그곳은 2층에 있는 '진정제일가양춘면'이었다. 점포 내부는 6~7평방 센티미터밖에 되지 않았고, 점포 바깥에 펼쳐진 접이식 테이블 위에는 루웨이 몇 그릇이 놓여 있었다. 색깔로 보면 건두부가 잘 졸여져 있었고, 돼지귀는 바삭해 보였다. 조금 안으로 들어가면 솥 하나에는 물이 끓고 있었고, 다른 솥에는 돼지갈비탕, 또 다른 솥에는 우육탕이 끓고 있었다. 물론 미니어처에서 물의 온도를 느낄 수는 없었지만 가까이 다가가자 열기가 얼굴을 훅 덮치는 느낌을 받을 수가 있었다. 우육탕 표면에 뜬 반짝이는 기름 거품까지 볼 수 있었다. 안으로 더 들어가면 양쪽 벽에 나무판을 매달아 만든 탁자와 등받이 없는 싸구려 의자가 놓여 있었다. 의자는 가장자리의 칠이 닳아 벗겨져 있었고 다리가 세 개뿐인 의자도 있었다. 한눈에도 오래된 식당이라는 걸 알 수 있었다. 제일 안쪽에는 설거지를 하는 작은 개수대가 있었는데, 그 위에 층층이 쌓여 있는 그릇에 미처 닦지 못한 기름기까지 표현되어 있었다. 그 옆 나무 계단을 올라가면 어른은 몸을 구부려야만 들어갈 수 있는 낮은 다락방이 있었다.

어릴 적 나는 다락방 창문 앞에서 국수 먹는 것을 제일 좋아했다. 거기에 앉으면 치러우 아래로 지나가는 사람들을 볼 수 있었기 때문이다. 다락방 벽에도 기다란 탁자가 매달려 있었고 그 앞에 식당에 있는 것과 똑같은 의자가 있었다. 벽에는 5밀리미터 크기로 축소된 우육탕 광고 포스터가 붙어 있었다. 그때 우리는 이 광고 포스터 앞에 앉아서 뜨거운 김이 모락모락 피어오르는 양춘면을 먹었다. 고개를 들면 포스터 속 여자의 배꼽이나 젖가슴이 보였다. 별을 그려 가린 양쪽 젖꼭지는 우리 앞에서 반짝반짝 빛나고 있는 미지의 인생인 것 같았다.

국숫집 주인은 코 푼 손을 항상 행주에 닦았다. 그 행주로 국수 그릇 가장자리에 묻은 국물을 닦은 뒤 엄지손가락이 국물에 푹 잠기게 들고 손님에게 가져다주었다. 하지만 그걸 보고 불평하는 손님은 본 적이 없다. 온종일 팔팔 끓는 우육탕 속에서 육수를 한가득 머금고 있다가, 입으로 베어 무는 순간 구수한 향기가 입 안 가득 퍼지게 만드는 유부는 상가 전체를 통틀어 그 집밖에 없었다. 그 가게에서 유부를 사면 우육탕 한 입을 덤으로 얻는 셈이었다.

아카의 손재주가 이 모든 것을 현재로 소환해냈다. 작은 가게의 냄새, 찌든 때, 기름진 촉감까지 말이다. 나는 미니어처 가게 안에 있는 국수 그릇도 내 기억 속 국수 그릇처럼 이가 빠져 있는 건 아닐까 궁금했다. 고개를 들어 칼로에게로 시선을 옮겼다. 아마도 그녀는 내 눈 속에서 넘실대는 그리움을 보고 남편의 작품에 애틋한 정을 가진 나를 믿을 수 있는 사람으로 여겼던 것 같다.

그녀가 말했다.

"아카는 내부의 물건들을 배치해줄 사람을 찾고 싶어 했어요. 전체 미니어처를 완성하는 일이 아니라 그 외의 것들이요. 미니어처로 표현할 수 없는 것들이죠."

나는 작업에 몰두한 아카의 모습을 상상했다. 날카로운 조각칼로 점토나 종이를 깎아내 작은 세상을 만들고 사포로 표면을 갈아 다듬은 후 도료를 묻힌 면봉과 붓으로 조금씩 색을 입혔을 것이다. 초등학생 시절 금속 공예에 몰두하고 있던 아카의 눈빛이 떠올랐다. 그의 손에 들려 있는 알루미늄 캔이 다이아몬드처럼 보였다.

아카와 함께 등갓을 만들어 학교 대표로 대회에 참석한 적이 있었다. 우리는 함께 미술실에 남아서 작업을 시작했다. 봉황을 주제로 삼기로 결정했다. 그는 봉황의 깃털을 하나씩 일일이 오려내야 한다고 했고, 나는 종이 한 장을 접어서 오리면 한 번에 깃털을 여덟 개나 만들 수 있다고 했다. 우리는 다투지 않고 각자 봉황의 부위를 맡아서 깃털을 만들었다. 그런데 깃털을 봉황의 몸에 붙여 보니 미묘하지만 결정적인 차이가 드러났다. 그 등갓은 전국 대회에서 1등상을 차지했지만 나는 상을 받고도 부끄러워 아무 말도 할 수가 없었다.

칼로가 말했다.

"아카는 미니어처를 만들 때만 눈동자가 형형하게 빛났어요. 현실 세계로 돌아오면 싸구려 외투를 입고 수염도 깎지 않은 사람이 되었죠."

흰 티셔츠가 작은 얼룩 하나 없이 깨끗한 걸 보니 그녀는 무척 섬세한 여자였다. 아카의 죽음에 상심이 컸겠지만 그녀의 생활은 조금도 흐트러지지 않은 듯했다.

그녀가 말했다.

"아카와 함께 산 15년 동안 그가 꿈속에서 살고 있는 것 같았어요. 그와 사는 건 행복했지만 또 힘들기도 했죠."

어쩌면 우리는 정말로 꿈속 세상에 살고 있는지도 모른다. 그날 나와 아카는 제일가양춘면에서 국수를 먹고 옥상에 올라갔다. 우리는 밑으로 지나가는 자동차 불빛의 물결을 내려다보며 새 학기를 맞이하는 두려움에 대해 얘기했다.

"영원히 개학하지 않을 수는 없을까?"

"계속 태풍이 오면 돼."

"바보. 태풍이 쉬지 않고 찾아올 수는 없잖아."

"그럼 대지진."

"대지진이 나면 상가도 무너질 텐데?"

"교장 선생님이 교통사고를 당하는 건 어때?"

"새 교장 선생님이 오면 되잖아."

"바보."

"바보는 바로 너지."

"바보."

"아, 좋은 생각이 났어. 불이 전부 꺼지면 장사도 할 수 없고 학교도 문을 닫을지 몰라."

"그럴 수도 있지."

"그럴 수도 있어."

아카는 자신이 옥상에서 본 빛의 마술쇼에 대해 이야기했다.

아카는 날마다 낮에 아버지가 쓴 글씨를 옥상에 가져다 널어서 말리는 일을 했다. 그건 아카가 하루도 빼놓지 않는 일과였다. 그때 나는 아카 아버지의 주된 수입원이 만련 쓰는 일이라는 것을 모르고 있었다. 그의 아버지는 날마다 어딘가에서 사람이 죽는다고 했다. 그건 하늘의 이치라고 말이다. 죽는 사람들이 많아져서 장사가 잘되기를 바라지는 않았지만, 적어도 이 장사로 굶어 죽을 일은 없다는 게 아카 아버지의 생각이었다. 날마다 어딘가에서 사람이 죽고, 사람이 죽으면 만련이 필요하니까 말이다. 모두들 고인의 죽음이 안타깝다는 걸 알리기 위해 만련을 쓴다. 하지만 솔직히 말해서 죽음이 안타깝지 않은 사람은 없다. 죽음은 그저 죽음일 뿐. 아무리 망자를 칭찬하고 애도해도 달라지는 건 없다.

아카의 아버지는 다리가 불편했다. 아카가 점심시간에 학교에서 육교를 건너 집으로 돌아와 아버지가 쓴 만련을 옥상으로 가져가 철사 줄에 널었다. 이웃들이 빨래를 널기 위해 묶어놓은 것이었다. 만련으로 쓴 것들은 보통 '장재미진長才未盡', '유방천고留芳千古', '도범장존道範長存' 같은 글귀였다. 아카가 아버지에게 그 말이 무슨 뜻이냐고 물었더니 그중 절반은 너무 일찍 죽은 것을 탄식하는 내용이고, 절반은 죽은 사람이 훌륭한 인생을 살았다고 칭찬하는 내용이라고 했다. 하루는 아카가 노을이 질 무렵 학교에서 돌아와 옥상에 널어놓은 만련을 걷는 것을 깜박 잊었다. 저녁을 먹고 난 뒤에 생각나서 옥상으로 올라가보니 마술사가 옥상 한쪽에서 심드렁한 표정으로 도시의 야경을 내려다보고 있었다. 그가 만련을 걷고 있는 아카에게 말을 걸었다.

"네 아버지가 쓰신 거냐?"

"네."

"훌륭한 글씨로구나. 만련을 쓰기에는 너무 아까워. 서예가의 글씨야."

"고맙습니다. 아빠가 들으면 기뻐하실 거예요."

아카가 내려오려다가 무슨 생각이 난 듯 고개를 돌려 마술사에게 물었다.

"아저씨 마술은 진짜예요?"

"진짜냐고? 그건 네가 말하는 '진짜'가 무엇인지에 따라 다르지."

아카가 이해할 수 없다는 듯 고개를 젓자 마술사가 말했다.

"예를 들어보자. 빛이 진짜일까?"

"햇빛 말이에요?"

"그래."

"당연히 진짜죠."

"넌 빛을 볼 수 있니?"

아카는 말문이 막혔다. 당시의 아카에게는 너무 어려운 질문이었다.

"빛에는 색깔이 있단다. 우리가 그걸 알아보지 못할 뿐이야. 빛이 어떤 물건을 통과하거나 특별한 때가 되면 색깔이 나타나지. 우린 그게 눈에 보여야만 진짜라고 생각해. 그런데 그 색깔은 원래 투명한 빛 속에 숨어 있었어. 이렇게 간단한 것도 인간은 아주 오랜 세월이 걸려서야 알았지."

마술사가 물었다.

"꼬마야, 이 네온 불빛이 왜 빨간색일까?"

"모르겠어요."

"생각해봐. 아무 말이나 해도 돼."

"그 안에 빨간색 빛이 있어서요?"

"그럴 거 같아?"

"네…."

아카의 애매한 대답에 마술사가 말했다.

"확실히 얘기해."

"네."

"큰소리로."

"네!"

"그럼 그런 거야."

마술사가 바닥에서 돌멩이를 주워 들더니 커다란 네온 광고판의 작은 전구를 향해 힘껏 던졌다. 전구가 퍽 하고 터졌다. 아카는 깜짝 놀랐다. 아버지에게 남의 물건을 망가뜨리면 안 된다고 배웠기 때문이었다. 그런데 바로 그때 전구가 터진 곳에서 빨간빛이 안개처럼 새어 나오더니 살아 있는 듯이 꿈틀거리며 천천히 허공을 떠다녔다. 그러다가 아카의 눈앞에서 몸을 돌려 상가의 상공으로 날아가 천천히 흩어지더니 뭔가 생각난 듯 다시 한곳으로 모여들었다가 서서히 사라졌다. 아카는 무언가의 탄생을 본 느낌이 들며 갑자기 머릿속이 멍해졌다.

"파란색 네온등 속에 파란색이 들어 있어요? 초록색 네온등 속에 초록색이 들어 있어요?"

마술사가 아카를 응시하며 아무 대답도 하지 않았다.

"빨간빛이 네온등에서 나오는 걸 봤어?"

"응. 뱀처럼."

"못 믿겠어."

"못 믿겠다고? 보면 알 거야."

그때 우리가 살던 5동은 한쪽 끝에 '국제표'라고 쓰인 커다란 네온사인이 있었다. 맨 아래 가느다란 흰색부터 켜지기 시작해 점점 올라가며 넓은 빨간색 불이 켜졌다. 네온사인은 전체가 밝혀지고 나면 또 아래부터 차례로 꺼지며 밤의 어둠 속으로 모습을 감추었다가 전체가 빠르게 두 번 깜박였다. 소나기를 몰고 오는 번개 같았다. 아마도 당시 타이베이에서 가장 눈에 띄는 광고판이었을 것이다.

나는 깨진 벽돌 조각을 주워 들고 있다가 빨간색 네온이 밝혀지는 순간 전구를 향해 힘껏 던졌다. 퍽 하는 소리와 함께 전구가 깨져 구멍이 났다. 그런데 깨진 전구에서 빨간빛이 아니라 검은 연기만 피어오르다가 이내 사라졌다. 빨간빛은 어디로 간 걸까? 아카는 믿지 못하는 내 표정을 보고 깨진 벽돌을 주워 다른 쪽 전구를 향해 던졌다. 마찬가지로 검은 연기만 피어오를 뿐이었다.

우리는 둘 다 실망했다.

"마술사가 너 몰래 무슨 주문 같은 걸 외웠겠지."

우리는 말없이 상가 앞 차도를 내려다보았다.

내가 말했다.

"어쩌면 이 네온등이 이상한 걸 수도 있어."

"맞아. 모든 네온등이 다 그런 건 아닌가 봐."

나와 아카는 모두 행동파였다. 우리는 화단으로 달려가 돌멩이를 주워다가 1동의 네온사인부터 시작했다. 흰색과 검은색으로 된 '다이아몬드표 잉크, 다이아몬드표 구두약', 파란색과 흰색으로 된 '세이코 시계', 초록색으로 된 '헤이쑹 콜라'(내 기억의 오류가 아니라 정말로 헤이쑹 콜라였다), 빨간색 '류커간硫克肝•', 보라색과 흰색으로 된 '텐코TENCO••', 빨간색 'HCG•••'…. 상가 옥상에 있는 모든 네온사인에 돌멩이를 던졌다. 전구가 깨진 곳마다 불이 꺼져 광고판에 이가 빠진 것 같았다. 하지만 모두 퍽 하는 소리와 함께 깨지며 검은 연기가 피어올랐을 뿐 별다른 것은 없었다. 아카는 창피함에 얼굴을 붉히며 내가 자기 말을 의심한다고 생각했다.

"망할 마술사! 사기꾼이었어!"

"우리가 그 마술을 부릴 줄 몰라서 그러는 걸 수도 있어."

"믿기만 하면 된다고 했단 말이야. 무슨 주문 같은 게 있어야 된다고 하지 않았어."

"그 사람이 그랬어?"

"응. 빌어먹을 사기꾼!"

아카가 화를 내며 옆에 있던 벽돌 조각을 주워 네온사인

• 자양 강장제의 일종.

•• 욕실 설비 제조업체.

••• 욕실 및 주방 설비 제조업체.

을 향해 힘껏 던졌다. 평소의 아카답지 않은 행동에 조금 놀랐지만 힘이 너무 약했는지 아니면 화가 나서 조준이 빗나간 건지 벽돌 조각이 상가 끝 네온사인 아래에 있는 무언가에 날아가 부딪혔다. 그 순간 '펑!' 하는 굉음과 함께 대형 네온사인 전체가 꺼져버렸다. 한꺼번에 빛이 사라지자 반사적으로 눈이 감기며 망막 위에 하얀 빛무리가 어른거렸다. 다시 눈을 떠보니 상가 전체가 암흑에 휩싸여 있었다. 잠시 후 눈이 어둠에 익숙해지자 나와 아카의 입에서 저절로 탄성이 흘러나왔다. 방금 전 우리가 깬, 상가 여덟 동의 옥상에 있는 네온사인에서 초록색, 노란색, 흰색, 빨간색, 파란색, 보라색 빛이 흘러나오고 있었던 것이다. 멀리서 모여든 빛들이 천천히 땅으로 내려가 육교에 닿고, 계단을 따라 내려가 차도에서 다시 모여 눈부시게 빛나는 강을 이룬 뒤 도시의 양끝을 향해 흘러갔다. 그런 빛은 그 뒤로 한 번도 본 적이 없다. 이 글을 쓰고 있는 지금도 그 빛을 생각하면 눈을 뜰 수가 없다.

나는 추억에 깊이 빠져 칼로의 말에 대답하지 못했다. 미안한 마음에 그 일을 칼로에게 들려주었다.

칼로가 물었다.

"마술사의 말이 사실이라고 생각하세요?"

"네. 우습다고 생각하셔도 어쩔 수 없어요. 내 눈으로 똑똑히 본 거니까."

"그다음에는 어떻게 됐죠?"

"아카와 도망쳤어요. 그것 때문에 상가에서 십수만 대만 달러를 손해 봤다더군요."

"하하하! 두 사람 정말…."

"참, 아카가 미니어처에 매료된 이유를 말해줬나요?"

칼로의 시선이 내 커피 잔 주위를 맴돌았다. 이제 보니 그녀의 속눈썹이 기이하리만치 길었다.

"이게 그 이유에 대한 설명이 될지는 모르겠지만, 이런 말을 한 적이 있어요. 자기가 현실 세계에서 잘 살아가지 못해서라고."

"그랬군요."

나는 그 이유를 십분 이해할 수 있었고, 또 전적으로 지지했다.

칼로가 뭔가 생각난 듯 벌떡 일어나 전등을 모두 껐다. 그녀가 탁자 밑으로 손을 넣으며 나를 보고 웃더니 탁 하는 소리와 함께 스위치를 켰다.

그 순간 상가의 모든 점포에 불이 켜졌다. 불이 켜지자 모형에 불과했던 상가가 갑자기 북적이는 것 같았다. 신기하게 나도 몸이 후끈 달아올랐다. 엄마를 따라 목청을 높여 손님들을 부르던 때처럼 말이다. 상가의 옥상 위에 우뚝 서 있는 커다란 네온사인이 30년 전 그때와 똑같이 깜박였다. '국제표' 네온사인이 제일 아래 흰색 등부터 켜지기 시작해 위로 올라가며 점점 빨간색이 되었다가 다시 그 순서대로 꺼지더니 환호하듯 두 번 깜박였다. 그런데 그중 몇 줄은 이가 빠진 듯 불이 들어오지 않았다.

그 옛날 나와 아카가 던진 벽돌 조각에 깨졌던 그 자리인 것 같았다.

자귀나무 아래의 마술사

리 영감이 내 앞으로 다가와 잘리지 않은 손으로 내 고추를 만지더니 뭔가를 그러잡은 듯 주먹 쥔 손을 머리 위로 휙 들어 올렸다.

"새가 날아간다!"

원래는 이 두 문장을 시작으로 중화상창에 대한 단편 소설을 쓰기 시작했다. 그런데 아홉 편을 쓰고 난 지금도 이 두 문장이 들어갈 적당한 위치를 찾지 못했다.

소설을 쓰는 동안 자주 카페에 앉아 오후 내내 하는 일 없이 시간을 보냈다. 몇 달이 지나도록 쓴 것이라고는 문장 몇 개뿐 소설은 한 편도 완성하지 못했다.

내가 늘 앉는 카페 자리에서는 통유리 너머로 길모퉁이

가 보였다. 에어컨 바람이 직접 불어오기 때문에 사람들이 기피하는 자리였다. 여름에는 실내외 온도차가 커서 창유리에 뿌옇게 습기가 꼈다. 나는 가끔씩 손가락으로 유리 위에 글씨를 쓰다가 지나가는 사람들이 나를 보고 웃을 것 같기도 하고 딱히 쓸 말도 없어서 희끄무레한 거리 풍경으로 시선을 옮기곤 했다.

창문을 내듯이 습기 찬 유리를 손가락으로 문질러놓고 그 구멍을 통해 거리를 관찰했다. 부슬비가 지나간 거리는 반짝반짝 빛이 났다. 강아지 한 마리가 두리번거리며 길을 건너고 있었다. 목에 목걸이가 달린 하얀 강아지였다. 강아지가 파란불이 바뀌기 전에 이쪽 인도에 무사히 도착하려던 찰나, 갑자기 몸을 홱 돌려 되돌아가려다가 그만 자동차에 부딪칠 뻔했다. 그 광경이 유난히 내 시선을 잡아끌었다.

나는 여자의 앞모습보다 뒷모습을 훨씬 좋아한다. 길을 건너오는 사람들이 아니라 길을 건너가는 사람들에게 저절로 시선이 쏠리는 것도 사람의 뒷모습이 그 사람의 본래 모습보다 더 나를 끌어당기기 때문일 것이다.

허우샤오셴 감독의 〈연연풍진戀戀風塵〉에 우연히 리 영감이 찍혔다. 남녀 주인공 아원과 아위안이 중화상창에서 신발을 사는 장면이었다. 두 사람이 신발을 사고 돌아가려는데 상가 앞에 세워두었던 오토바이가 보이지 않았다. 중화상창을 따라 한 바퀴 돌며 치러우 아래 세워져 있는 오토바이들을 모조리 살펴보았지만 찾을 수가 없었다. 카메라는 빠르게 걸어가는 남녀 주인공을 좇아 움직였다.

카메라가 둘의 걸음을 따라가지 못하고 점점 뒤처지다 가방 가게, 안경 가게, 신발 가게, 철물점, 양복점이 차례로 화면에 등장한 뒤 변소 근처에서 멈추었다. 아까부터 신발 가게 앞에서 신발을 고르고 있던 외국인이 카메라를 발견한 것 같았다. 하지만 이 장면에서 가장 인상 깊은 건 장난감 수레를 끌고 아위안과 아윈을 따라가고 있는 두 아이였다. 카메라 노출이 심해 화면이 하얗게 빛났기 때문에 아이들의 얼굴은 알아볼 수가 없었다. 오토바이를 잃어버린 아위안은 자기 것과 똑같은 모델의 오토바이를 발견하고 훔치려 한다. 아위안은 자신을 말리는 아윈에게 겁쟁이라고 핀잔을 주며 망을 봐달라고 한다.

하지만 결국 아윈의 계속된 만류에 아위안도 오토바이를 훔치지 않기로 한다. 이 롱테이크 장면이 나오기 전 카메라가 무심코 돌아가는 듯한 부분에서 한 중년 남자가 화면에 잡힌다. 그는 대나무 홀더에 끼운 담배를 피우며 심드렁한 표정으로 오토바이 옆에 서 있다. 옆모습만 등장하기 때문에 팔꿈치 아래로는 잘리고 없는 그의 오른팔은 보이지 않는다. 잘리지 않은 왼팔에는 대만 국기가 문신으로 새겨져 있었다. 그가 바로 리 영감이다.

리 영감은 중화상창의 처마 밑에서 살았다. 그는 사람들이 오토바이를 세워놓고 상가에 볼 일을 보러 가면 오토바이 손잡이에 나무판을 걸어놓고 오토바이를 돌봐주는 일을 했다. 그가 오토바이 한 대를 돌봐주고 받는 돈은 5대만달러였다. 그가 그렇게 하도록 허락해준 사람은 없었지만 언제부터인가 자연스럽게 시작되었다. 리 영감에게 어디에서 왔느냐고 묻는 사람도 없었고, 그도 말하지 않았다. 내가 어릴 적 우리 집 문 앞에 살던 퇴역 군인 리 영감이 허우샤오셴 영화의 한 장면에 등장해 프랑스인들까지 그를 보게 된 건 소설보다 더 소설 같은 사건이었다. 나는 문득 몇 달 동안 내 마음속 깊숙이 자리 잡고 있던 망설임을 발견했다.

소설을 쓰는 나에게 유년기 친구들은 기이한 물건들이 가득 담긴 보물 상자와도 같다. 그들은 반짝이는 구슬처럼 집 안 어느 구석으로 굴러가서 숨어 있다. 머릿속에서 그들을 불러낼 권리가 내게 있기는 하지만 그들은 남이 쓴 소설의 소재가 되는 걸 원치 않을 것이다.

적어도 아카가 만든 미니어처는 남의 인생에 해를 끼치지 않는다. 내 친구들은 소설에 등장하기를 거부할 기회가 없었다. 나는 아침에 일어나 수염을 깎으며 거울에 비친 내 모습이 가증스럽고 불쌍하고 원망스럽다고 느끼곤 했다.

소설 쓰는 일이 지지부진해 캄보디아로 훌쩍 떠났다. 몇 년 뒤 앙코르 와트가 문을 닫고 보수를 할 거라는 얘기를 듣고서 문을 닫기 전에 가보려고 벼르던 참이었다. 돌아오는 항공권의 날짜를 예약하지 않았고, 수도꼭지를 돌린 뒤 3분은 기다려야 물이 나오는 값싼 호텔에 묵은 덕분에 사원의 조각을 감상하는 데 많은 시간을 쓸 수 있었다. 반테이 스레이Banteay Srei 사원 하나를 보는 데만 꼬박 닷새를 할애했다. 반테이 스레이 사원은 앙코르 와트에서 가장 멀리 있는 사원이다. 여신 압사라Apsara를 주제로 한 부조들이 놀라울 만큼 정교했다. 이 사원을 지은 돌은 멀리 떨어지지 않은 꿀렌산Phnom Koulen에서 가져온 붉은 사암이다. 단단한 돌은 아니지만 조각으로 이처럼 물 흐르듯 유려한 선을 표현하려면 엄청난 인내심이 있어야만 가능한 일이다. 솔직히 말하면 압사라보다는 가루다Garuda라는 새의 조각이 훨씬 더 나를 매료시켰다. 태국, 캄보디아 지역에 널리 전해 내려오는 이 전설의 새는 매일 뱀 500마리를 먹어치웠는데, 뱀을 너무 많이 먹는 바람에 뱀들이 그의 몸속에 독을 토해내 죽고 말았다.

가루다는 산스크리트어로 'गरुड'라고 쓰고, 중국에서는 금빛 날개를 가진 커다란 새라는 뜻의 '대붕금시조大鵬金翅鳥'로 번역된다. 나는 가루다의 습성이 관수리와 비슷하다고 생각했다.

매일 저녁 호텔로 돌아오면 샤워기 앞에 서서 3분 동안 기다리다가 온종일 흘린 땀과 몸에 묻은 모래를 씻어냈다. 호텔과 길 하나를 사이에 두고 열대 지방의 분위기가 물씬 풍기는 고급 호텔들이 줄지어 있었다. 몰래 가서 구경해보니 호텔 안에 커다란 풀장과 스파가 있었다. 깨끗한 풀장과 스파가 몇 킬로미터 떨어져 있는 흙탕물 호수와 극명한 대조를 이루었다. 캄보디아인들은 해마다 식수 부족으로 고통을 겪고 있다. 비가 많이 오는 우기에도 호수가 범람해 흙탕물이 되기 때문에 물이 많아도 식수로 사용할 수가 없다.

저녁에 심심하면 호텔 근처 술집에 가서 술 한 잔을 마셨다. 캄보디아에 도착해 11일이 지나도록 배탈이 나을 기미가 보이지 않았다. 물은 반드시 생수를 마시고 깨끗한 식당을 골라 식사를 했지만 무슨 이유에서인지 설사가 멎지 않았다. 거리에 있는 술집마다 외국인들이 북적이고 아름다운 캄보디아 여자들도 눈에 띄었다. 그녀들은 혼자 온 손님 옆에 앉아 말을 걸곤 했다. 짧은 진팬츠를 입은 캄보디아 아가씨가 내 옆에 앉아 진 한 잔을 주문했다. 그녀의 진갈색 다리가 산양의 그것처럼 탄탄하고 건강미가 넘쳤다. 그녀가 숯처럼 검은 두 눈으로 나를 응시하는 순간 나는 그녀와 사랑에 빠졌다. 우리는 서툰 영어로 대화를 나누었다. 내가 아는 건 그녀가 열아홉 살이고 별과 하이힐, 리한나를 좋아한다는 것뿐이었다. 대화를 하는 동안 그녀가 자연스럽게 바지 위로 나의 아랫도리를 만지며 호텔에 함께 가고 싶다는 뜻을 표현했다. 나는 고개를 저었다. 성인군자여서가 아니라 병이 전염될까 봐 두려웠기 때문이다.

그러자 그녀가 나와 상의도 없이 의자 앞에 쪼그려 앉으며 내 지퍼를 내렸다. 나는 그녀의 머리칼을 쓸며 그녀의 손에 20달러를 쥐어주고는 약 20초의 갈등 끝에 손을 가볍게 저어 필요 없다는 의사를 표시했다. 그녀가 고개를 들고 나를 보며 웃었다(캄보디아 여자의 미소는 티끌만큼의 위선도 없는 아름답고 치명적인 미소다). 여자는 진을 마신 뒤 몽롱한 아름다움이 차오른 눈빛으로 20달러를 가지고 떠났다.

잠시 후 건장한 체구에 무테안경을 쓴, 에디라는 캘리포니아 남자가 내 옆에 앉았다. 그는 컴퓨터 수출을 하고 있으며 출장차 동남아에 왔고 캄보디아가 마지막 출장지라고 했다. 또 특별히 프놈펜에서 이곳으로 '이틀 밤을 즐기러' 왔다고 했다. 우리는 〈대부〉처럼 타호 호수 부근에서 촬영한 영화들에 대해 이야기를 나누었다. 그는 자기가 호수에 얼음이 얼기 전에 호수를 헤엄쳐서 두 번 왕복할 수 있다고 했다. 나는 그의 말에 의문을 제기하지도 않았고 그가 부럽지도 않았다. 그 호수는 얼음이 얼기 전에도 수온이 무척 낮아 그곳에서 수영을 한다는 건 정신병자에게나 가능할 일이니까 말이다.

"밤에 재밌는 데 안 갈래요? 이 근처에 괜찮은 데 알고 있는데."

"됐어요. 밤에 놀면 낮에 피곤해요."

"방금 그 여자도 거절했죠?"

"네."

"하하하! 당신 타입이 아니었어요? 헤이! 터놓고 얘기하죠. 어린 소녀들이 있는 곳을 알고 있어요."

"네?"

"소녀들이요. 아홉 살, 열 살. 그런 애들이 'yum-yum'(크메르어로 오럴섹스라는 뜻이다) 해줘요. 어쩌겠어요? 난 그런 어린애들한테만 흥미가 생기는걸. 음모가 자란 여자 앞에서는 발기가 안 된다고요."

"그건 불법이잖아요."

"여기선 아니에요." 에디가 안경을 밀어 올리며 말했다. "여기 사람들은 가끔씩 법을 잊어버려요. 그래서 사는 게 더 행복하죠."

"이만 돌아가야겠어요. 내일 일출을 보러 갈 생각이에요."

나는 3분을 기다려야 물이 나오는 호텔로 돌아왔다. 생각해보면 3분은 아주 긴 시간이다.

나는 여행 일정을 빠듯하게 짜는 것을 싫어하지만 몇 가지 이유 때문에 다음 날 정말로 앙코르 와트에 일출을 보러 갔다. 그런데 도착하자마자 후회가 밀려왔다. 사람들이 너무 많았기 때문이었다. 대만 중정기념관 광장에서 아이돌 공연이 열리는 것만큼이나 인파가 몰려 있었다. 조용한 구석에서 해가 뜨기를 기다릴 요량으로 주위를 두리번거렸다. 키가 크고 홀쭉한 캄보디아 소년이 다가와 커피를 마시겠느냐고 물었다. 커피 한 잔을 사면 플라스틱 의자에 앉을 수 있다기에 한 잔 사서 의자에 앉았다. 30분쯤 기다리자 하늘이 완전히 밝아졌지만 해가 뜨는 모습은 볼 수가 없었다. 옆자리에 앉아 있던, 북유럽에서 온 듯한 여자가 말했다.

"구름이 너무 자욱하군요. 정말 실망스러운 아침이에요."

"게다가 커피 맛도 끔찍하고요."

내가 어깨를 으쓱이며 동의했다.

돌아갈 때는 일부러 오른쪽으로 한 바퀴 빙 돌았다. 길 양편에 똑같은 기념품들을 파는 노점상이 줄지어 있었다. 지나가는 사람을 몰래 사진 찍어 프린터로 출력해서는 세라믹 접시에 붙여가지고 다짜고짜 들이미는 장사꾼도 있었다. 사지 않으면 그 자리에서 사진을 박박 찢어 쓰레기통에 던져버렸다.

커다란 자귀나무 옆을 지났다. 줄기 윗부분이 직경 30미터는 되어 보였다. 시야의 가장자리에 뭔가 스치는 걸 보고 본능적으로 고개를 돌렸다. 자귀나무 아래 캄보디아 특유의 밀짚모자를 쓴 사람이 앉아 있었다. 팔다리가 앙상하게 마르고 신발도 신지 않은 맨발이었다. 가무잡잡한 피부 외에는 큰 특징이 없는 캄보디아 남자였다. 나이는 마흔 안팎 정도 된 것 같았다. 그런데 내 시선을 잡아 끈 건 그 남자만이 아니었다. 그가 털이 보송보송한 자귀꽃을 빙 둘러서 둥글게 그려놓은 원 안에서 작고 까만 종이 인형이 춤을 추고 있었다. 나 말고 다른 구경꾼은 없었다. 음악은 없었지만 나는 그 소흑인이 한 곡을 다 출 때까지 조용히 기다렸다. 한 곡이 끝나자 소흑인은 공손하게 허리를 굽혀 내게 인사를 하고는 자귀꽃 위에 비스듬히 기대어 누웠다. 나는 남자의 종이 상자에 5달러를 넣었다.

"이게 마술인가요?"

나의 영어를 알아들은 건지 못 알아들은 건지 몰라도 남자가 내게 긍정도 부정도 아닌 미소를 지었다.

"그 마술을 가르쳐줄 수 있나요?"

나는 100달러짜리 지폐를 꺼내 그의 눈앞에서 흔들며 소흑인을 가리켰다.

"마술사세요?"

남자가 한참 생각하다가 대답 대신 소흑인을 내게 건넸다.

나는 급하게 손사래를 쳤다.

"아니, 아니. 이걸 사겠다는 게 아니라 이걸 배우고 싶다고요. 이게 어떤 기술이라면 말이죠…. 아니면 이게 마술인지 아닌지라도 알려주세요."

그는 영어를 전혀 알아듣지 못했다. 근처에서 영어를 할 줄 아는 엽서 장수를 찾아다가 내 말을 남자에게 통역해달라고 했다.

나는 엽서 장수가 내 말을 통역해주는 몇 초 사이에 마음을 바꾸어 100달러를 지갑에 넣고 대신 20달러짜리를 건넸다. 통역을 해준 엽서 장수에게도 2달러를 주었다.

"됐어요. 안 배울래요. 고마워요."

나는 짧게 인사하고 곧바로 자리를 떴다.

캄보디아에서 돌아온 후 어릴 적 친구들을 우연히 연달아 마주쳤다.

한 명은 야시장에서 오징어볶음을 먹다가 만나고, 한 명은 대만대학병원에서 지루하게 진료를 기다리고 있다가 만나고, 또 한 명은 내 강연회에 청중으로 왔다가 만났다. 공교롭게도 강연 중에 그 친구 이야기를 했던 날이었다. 그중 어떤 친구는 그 후에도 다시 만났고 또 어떤 친구는 내 생활에서 다시 사라졌다. 그 친구들에게 육교 위의 마술사를 기억하느냐고 물어보았다. 물론 기억하고 있는 친구들이 있었다. 그럴 때마다 나는 속으로 안도의 한숨을 쉬었다. 어떤 의미에서 보면 그 마술사는 내게 육교의 존재와도 같다. 마술사가 없으면 육교도 없고, 육교 없이 끊어진 상가는 상가라고 부를 수가 없다.

모든 이야기가 기억으로 변하는 것은 아니다. 기억은 깨지기 쉬운 물건이나 그리움의 대상과 비슷하지만 이야기는 그렇지 않다. 이야기는 점토처럼 기억이 존재하지 않는 곳에서 생겨난다. 이야기는 다 듣고 나면 또 다른 이야기로 바꾸어야 하고, 화자가 그걸 어떻게 말하느냐에 따라 달라진다. 하지만 기억은 보존 방식에만 신경 쓰면 그만일 뿐 그걸 누구에게 얘기할 필요는 없다. 기억이 망각의 부분과 합쳐질 때 비로소 이야기가 되고 얘기할 가치가 생긴다.

내게는 아직까지 아무에게도 얘기하지 못한 일이 하나 있다.

마술사가 옥상을 떠나던 날, 이른 새벽에 배가 아파서 일어나 변소에 똥을 누러 갔다. 변소 앞에 거의 다 왔을 때 갑자기 이상한 냄새가 코를 훅 덮쳤다. 그게 어떤 냄새였는지 지금도 정확하게 표현할 수가 없다. 단, 그때까지 한 번도 맡아보지 못한 냄새인 건 분명했다. 굳이 표현하자면 비린내에 가깝지만 녹슨 쇠, 마른 풀, 빗물, 습지 같은 냄새가 섞여 있었다.

상가 변소에서 귀신을 보았다는 이야기는 생각만 해도 다리에 힘이 풀릴 만큼 많았다. 변기에서 손이 쑥 나와서 밑을 닦아준다는 이야기는 우리 형이 나를 놀릴 때마다 나오는 레퍼토리였다. 그 때문에 똥을 눌 때마다 나도 모르게 자꾸만 아래를 흘끔거려야 했다. 계단 난간을 붙들고 있는데도 반 발짝도 내딛을 수가 없었다. 그 와중에 빌어먹을 똥은 금세 쏟아져 나올 것처럼 나를 재촉했다. 바로 그때 커다란 그림자 하나가 남자 변소에서 불쑥 튀어나왔다.

얼룩말이었다.

아무리 눈을 씻고 보아도 얼룩말이 틀림없었다. 얼룩말은 몸의 절반을 드러낸 채 고개를 돌려 나를 보았다. 내 마음속으로 곧장 통하는 터널이 뚫린 듯 천진한 눈망울이었다. 얼룩말의 몸에 있는 흑백의 얼룩무늬는 어느 천재 화가의 작품이라고 해도 전혀 손색이 없었고, 탄탄하고 매끈한 앞다리는 몸을 지탱한 채 천천히 걸음을 내딛고 있었다. 저 더러운 변소가 어떻게 이렇게 화려한 얼룩말을 감추고 있었을까!

이런 생각을 하고 있을 때 마술사가 변소에서 걸어 나왔다. 그는 동시에 서로 다른 방향을 볼 수 있는 두 눈으로 나를 응시했다. 웃고 있는 듯 무표정한 듯 알 수 없는 표정이었다. 그가 갈기가 늘어져 있는 얼룩말의 목을 툭툭 두드리자 얼룩말이 계단을 올라가던 장면만 내 기억 속에 남아 있다. 얼룩말이 내 옆을 지나갈 때 나는 한 번도 가보지 못한 아프리카 대초원의 냄새를 맡았다. 얼룩말이 딸가닥딸가닥 내 뒤로 돌아가 마술사와 함께 옥상으로 올라갔다.

그 뒤에 나는 어떻게 했을까? 똥을 누었을 것이고 밑을 닦은 뒤 집으로 돌아와 이불 속에 누웠을 것이다. 그 모든 게 꿈이라고 나를 설득했다. 하지만 다음 날 아침 나는 누웠던 자리에서 5센티미터 길이의 빳빳한 털을 발견했다. 흑과 백 두 가지 색깔을 가진 그 털은 딱딱하고 뾰족해서 마치 누가 일부러 이불에 찔러 넣은 바늘 같았다.

아, 나는 소설을 여기서부터 시작하기로 했다.

옛 추억이 떠돌다

장다춘張大春 · 소설가

《햇빛 어른거리는 길 위의 코끼리》는 매력적인 작품이다. 이처럼 진실하고 마음을 움직이는 소설을 만난 건 무척 오랜만이다.

타이베이의 지도에서 사라진 지 20년이 된 중화상창은 '육교'를 통해 하나로 연결된 공간이었다. 중화루와 철로 주변에 길게 이어져 있던 상가 여덟 동을 아직 기억하고 있는 독자들은 아마도 중화상창과 타이베이 최대 번화가였던 시먼딩에 향수를 품고 있을지도 모른다. 그런 독자들은 이 아홉 편의 성장 스토리 속 주인공과 함께 집을 떠나거나 집으로 돌아오는 여정을 경험할 수 있을 것이다.

30여 년 동안(1961~1992) 타이베이의 랜드마크였던 '중화상창'이 우리에게 더욱 친근한 이유는 그곳이 현대화 과정에서 타이베이의 사춘기를 의미하기 때문이다. 우밍이는 몇 세대가 공유하고 있는 30년의 기억을 섬세한 필치로 소환했을 뿐만 아니라, 소시민이 겪었던 시대와 사회의 변천을 회상하고 그들의 애환을 이야기했다.

옛 타이베이 서쪽에 성벽처럼 서 있던 '충, 효, 인, 애, 신, 의, 화, 평' 여덟 개 동은 이미 사라졌지만 우밍이는 그 상가들을 우리 앞에 다시 세워놓았다. 이 책이 더 긴 감동과 여운을 남기는 것은 한때 타이베이의 랜드마크였던 그 상가들이 소설의 배경이기 때문이다.

이 책의 작가 우밍이에게 고마움을 전한다. 그는 내게 탄탄한 구조를 갖춘 이야기를 들려주었을 뿐 아니라 창작에 대한 열정과 희망을 되살려주었다. 소설을 읽으며 눈물을 흘려본 지 오래된 독자들은 이 소설을 통해 큰 용기와 행복을 얻을 수 있을 것이다.

세월의 마술

커위펀柯裕棻 · 작가, 대만국립정치대학 신문학과 부교수

《햇빛 어른거리는 길 위의 코끼리》는 사라진 순간을 소환하는 작품이다. 우밍이의 펜 끝에서 탄생한, 쓸쓸하고 신비하고 따뜻한 타이베이 이야기는 독자들을 그 비바람 불던 시대로 데려다 놓는다. 그 시대의 타이베이는 불을 환히 밝히고 있는 고독한 배였다. 빛은 찬란하지만 그 속에 외로움이 투영되어 있었다.

타이베이에서 살아보았거나 놀아보았거나, 심지어 그곳을 지나쳐 가보기라도 한 사람이라면 누구나 중화상창을 알고 있을 것이다. 중화상창은 타이베이 최고 번화가에 위치해 있었으며 최신 유행 음악과 전자제품이 곰팡내 나는 헌책방, 구둣방과 공존하고 있는 곳이었다. 가련할 정도로 작은 점포

들도 있었다. 그곳을 지나갈 때 느꼈던 스산함은 지금도 기억하고 있다. 그곳에서 무엇을 팔았는지는 하나도 기억나지 않는다.

옛 철로가 철거되기 전 서부선을 따라 달려온 열차들은 타이베이 도심으로 진입하기 전, 과거의 명성을 잃고 쇠락한 멍자艋舺•와 일제 강점기 때 구 도심인 시먼딩 남쪽을 통과한 뒤 땡땡땡 소리와 함께 횡단보도를 지나 중화상창의 뒤편을 따라 달렸다. 타이베이의 근대사와 거의 일치하는 순서를 따라 시간 여행을 하는 것 같았다. 열차 승객들은 다닥다닥 붙어 있는 중화상창의 뒷문과 뒤 창문, 뒤 난간을 구경하고 이발소에서 널어놓은 수건과 집집마다 내걸린 아이 옷이 바람에 흩날리는 것을 보았다. 복작대고 왁자지껄하지만 가난한 그곳에는 해도 해도 끝나지 않는 장사와 일상, 아무리 봐도 다 볼 수 없는 불빛과 인생사가 있었다. 중화상창 옆을 지나면 열차는 속도를 늦추며 땡땡땡 소리와 함께 모퉁이를 돌 준비를 했다. 그 모퉁이를 지나면 승객들은 일어나 주섬주섬 짐을 챙겼다. 그들은 굽었던 허리를 펴고 옷매무새를 정리하며 긴 한숨을 내뱉었다.

"아, 타이베이다."

그래서 중화상창은 타지에서 올라오는 사람들이 제일 먼

• 청나라 때 형성된 옛 도심으로 타이베이의 모태라고 할 수 있다.

저 접하는 타이베이의 일상이기도 했다.

나는 몇 년 동안 중화상창 맞은편 중화루 남쪽 정류장에서 버스를 탔다. 지나가는 사람들 사이로 시먼딩 영화관의 간판을 보며 꿈을 키우고, 가끔 육교를 건너가 상가에서 완탕면을 먹고 음반을 샀다. 중화상창 남쪽 끝에서 북쪽 끝까지 길게 이어진 길을 걸으며 점포들을 구경했다. 빽빽하게 이어져 있는 비좁은 점포들은 화려하면서도 허름했고, 손님이 북적였지만 또 한산했다. 그들은 그 손바닥만 한 곳을 고집스럽게 지키며 생계를 꾸렸다. 어쩌면 상가를 거닐다가 옛 이웃을 찾아다니던 우밍이와 어깨를 스쳤을 수도 있고, 중화루 남쪽 정류장에서 그와 같은 버스를 타고 학교에 갔을 수도 있다. 그는 아마도 사슴 같은 눈망울로 버스 창밖의 육교를 응시하며 자신의 유년기를 쓸쓸하게 회상했을 것이다.

우밍이가 묘사한 타이베이 사람들은 저녁놀처럼 따뜻한 온기와 색채를 품고 있으며 그들이 사는 풍경은 꿈처럼 몽롱하면서도 아늑하다. 중화상창은 타이베이의 축소판이었다. 그 속에 도시 사람들의 작은 일상이 응집되어 있었다. 누구든 상가를 달리는 아이들의 발소리와 기침 소리를 듣고, 구둣방의 가죽 냄새와 국숫집의 국수 냄새를 맡아 보았을 것이다. 우밍이가 들려주는 이야기를 듣고 있노라면 이야기 속 사람들을 오래전부터 알고 있었던 것 같은 착각이 든다. 그들은 우밍이가 독자들의 기억 속에서 끄집어낸 사람들이다. 그는 정말로 당신과 나란히 서서 신호등을 기다렸을 수도 있고, 당신을 관찰하고 당신의 방황을 이야기 속에 집어넣었을 수도 있다. 우밍이는 육교 위의 그 마술사처럼 시간을 마음대로 소환하고 공간을 바꾸고 물건에 생명을 부여해 우리의 기억과 감정의 조각들을 이어 붙였다. 그는 또 미니어처를 만든 아카처럼 생명력이 넘치는 사람들을 만들고 그들에게 미묘한 기복과 농밀한 감정을 부여했다.

이 책은 한마디로 마법 같은 책이다. 모든 세대가 폭력적이고 각박한 언어에 길들여져 있는 이 시대에, 믿음 대신 미움에 더 익숙하고 시대를 향한 멸시의 눈빛이 자랑이 되어버린 이 시대에, 오래전 중화상창에 살았던 한 소년이 그 시대의 질감과 온도를 그대로 재현하는 천부적인 재능을 가지고 있었음이 무척 다행스럽다. 우리는 그의 선량하고 너그러운 눈을 통해 그 시대 그 시절의 생활, 이 도시를 회상하고 타인과 우리 자신을 너그럽게 용서하는 법을 배울 수 있을 것이다.

햇빛 어른거리는 길 위의 코끼리

1판 1쇄 펴냄 2018년 4월 3일
1판 4쇄 펴냄 2024년 4월 9일

지은이 우밍이
옮긴이 허유영
펴낸이 안지미

펴낸곳 (주)알마
출판등록 2006년 6월 22일 제2013-000266호
주소 04056 서울시 마포구 신촌로4길 5-13, 3층
전화 02.324.3800 판매 02.324.2846 편집
전송 02.324.1144

전자우편 alma@almabook.by-works.com
페이스북 /almabooks
트위터 @alma_books
인스타그램 @alma_books

ISBN 979-11-5992-142-1 03820

이 책의 내용을 이용하려면 반드시 저작권자와 알마출판사의 동의를 받아야 합니다.

알마출판사는 다양한 장르간 협업을 통해 실험적이고 아름다운 책을 펴냅니다.
삶과 세계의 통로, 책book으로 구석구석nook을 잇겠습니다.